著 進行諸島
Ill. 柴乃櫂人
6
異世界賢者の転生無双
～ゲームの知識で異世界最強～

王都へ
ついに国の中枢へと
乗り込むエルドたち
精霊弓師
サチリス
最強賢者
エルド

「これなら宮廷にふさわしいでしょ」
英雄“炎槍”
ミーリア
マキシア商会
会長
ミーナ

「今だ！」
エルドは魔法を放ち敵を攪乱する。
その隙に窮地を脱した新国王

新国王を拘束していた
敵の騎士たちは
紅蓮の炎に
包まれた――！

「見せてやろう」

ついに動き始めた帝国軍――
賢者の知識と経験が
発揮される時が来た！

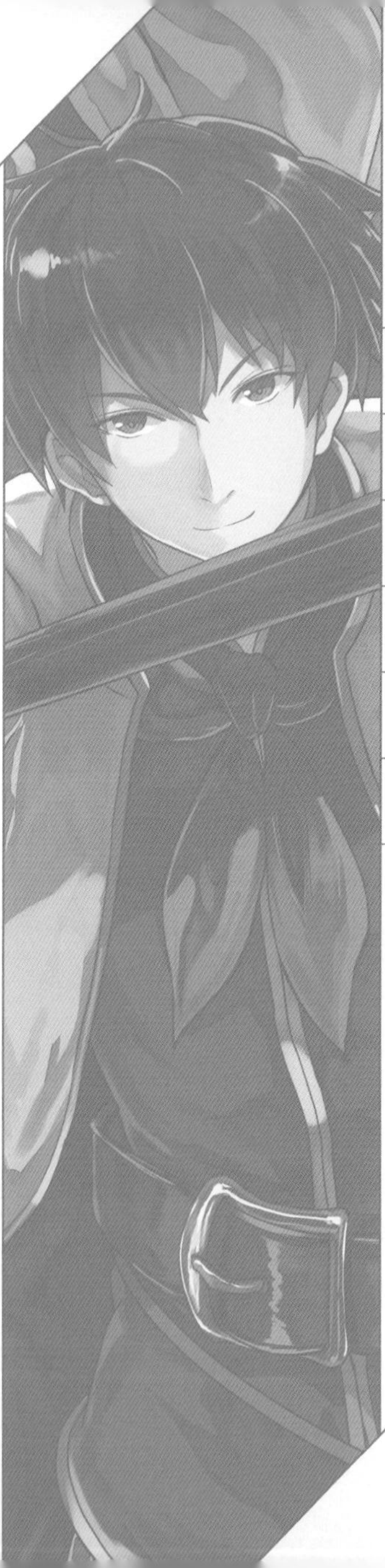

CONTENTS

The Invincible
Sage in the
second world.

The Invincible Sage in the second world.

異世界賢者の転生無双

［～ゲームの知識で異世界最強～］

著 進行諸島

Ill. 柴乃櫂人

6

第一章

The Invincible Sage in the second world.

01

国王が死んだ。

ゲオルギス枢機卿《すうききょう》を倒し、下位職を冷遇する制度を破壊することに成功した俺《おれ》たちにもたらされたニュースは、明らかに不自然さを感じさせるものだった。


人はいつか死ぬものだ。国王であろうと例外はない。

しかし、ゲオルギス枢機卿が倒され、国内の政治状況が大きく変わった直後にそれが起こったとなると、それが本当に普通の死であったのかが疑わしくなってくる。

むしろそうでない可能性のほうが高いだろう。


「死因は分かっているか？」

マイアー侯爵が、国王の死を伝えた使者にそう尋ねた。

彼も恐らく、俺と同じ疑いを抱いたのだろう。

死因によっては本当に自然な死ということもあるからな。

「病死とのことです！」

「……ふむ。私の知る限り、国王陛下に持病はなかったはずだが」

これはどうやら、国王は殺された可能性が高いようだな。

隠《かく》れ蓑《みの》にしていたゲオルギス枢機卿が倒れたことで、絶望の箱庭がなりふりかまわず動き始めたと考えることもできるが……そう決めつけるのは早計か。

いったんは多くの可能性を考えて動くべきだ。

いきなり決めつけていると、予想を外した時に致命的なミスを犯《おか》しかねないからな。

「次の国王は？」

「皇太子殿下が即位なされたようです」

ふむ。

皇太子まで死んでいたら完全に謀略とみなしたところだが、どうやら皇太子は無事のようだな。

だが……国王がもし死ねば皇太子が次の国王になるのは、誰《だれ》にでも分かっていたことだ。

そのため皇太子が傀儡《かいらい》化されたり、洗脳されたり、あるいは偽物《にせもの》に成り代わったりしている可能性は否定《ひてい》できない。

新国王の動きには注意する必要がありそうだ。

とはいえマイアー侯爵もメイギス伯爵もただの貴族だし、俺に至っては貴族ですらない平民なので、国王相手になにか有効な対策がとれるわけではないのだが。

「新国王に何か動きはあったか？」

「それが……実は新国王は、メイギス伯爵およびエルドさんに対する報奨……領地、資金および爵位を保留にするとおっしゃられています」

「……随分と行動が早いな」

新国王の宣言の内容自体は、まあ分からないでもない。

国王が代替わりするとなれば国内の政治状況も変わってくるだろうし、そうなるとメイギス伯爵に与える予定だったゲオルギス枢機卿領も、誰か他の者――たとえば新国王派の誰かに渡す必要があるかもしれない。

王家に派閥があるというのは別におかしな話でもないし、持ち主の消えた広い領地があればその道具に使いたいというのも分かる。


……という事情を加味しても、随分とナメられた話だ。

前国王がメイギス伯爵にゲオルギス枢機卿領を渡そうとしたのには、メイギス伯爵（侯爵になるはずだったが、それは取り消しになった）を味方に取り込む意図があったはず。

それを取り消すというのは、お前はいらないと言っているに等しい。

もし新国王を『絶望の箱庭』が操《あやつ》っているとしても、あまりにやり方が露骨すぎる。


タイミングも不自然だ。

普通なら、国王が死んだとなればその事後処理に手一杯で、領地の配分の問題など考えている場合ではないはず。

領地を与える手続きなどは延期になるのが当然だし、領地を渡せないと告げるのもその後で構わないはずだ。

そのほうが、多少は不自然さも薄れる。

にもかかわらず今告げてきたとなると、何か理由があるはずだが……。

「保留というのはどういうことだ？　今後はどうなる？」

「それについてですが、国王陛下は今回の報酬についてともに考えたいと仰せです。詳細はまた使者で伝えるとのことですが……」

「ともに考えたい、か……」

普通なら国王が貴族に命令を出す時には、こんな形ではなくいきなり条件を突きつけてくるはずだ。

もし領地を与えたくないのなら、はじめからそう言えばいい。国王にはそれができるだけの権力がある。

にもかかわらずこんな形をとるあたり、何か裏の理由があるのだろう。

これは……面白《おもしろ》くなってきたな。

◇

それから数日後。

予定通り、国王の使者はやってきた。


「ふむ……そう来たか」


使者が持ってきた手紙を見て、俺はそう呟《つぶや》いた。

手紙には、報酬について協議するために王宮まで来いと書かれている。

俺とメイギス伯爵、二人でだ。

もちろん二人だけで来いとは書かれていないので、護衛も同行することになるが……王宮に護衛付きで入るわけにもいかないし、交渉の場に行くのは俺たち二人だけだろう。

もし新国王の背後にいる者が俺たちを処分したがっているとしたら、こんなに好都合な状況もなかなかない。

応接間の四方にある部屋を爆薬で埋め尽くし、俺たちが入ったタイミングで起爆でもすれば、簡単に二人まとめて殺せることだろう。

王宮を壊したくない場合には他の方法を考える必要があるが、いずれにしろ難しくないはずだ。なにしろ準備に使える時間は何日間もある上に、罠《わな》をしかけた場所に俺たちが来てくれる保証があるのだから。

「この手紙、偽物だな。書いたのは本人の可能性が高いが、少なくとも皇太子殿下が自分の意思で書いたものではないはずだ」

マイアー侯爵は手紙を眺めて、そう呟いた。

手紙が偽物である可能性は誰でも考えつくが……マイアー侯爵は推測ではなく確信を持って言っているように見える。

「なぜそう分かるんだ?」

「前国王陛下が殺され、皇太子殿下が傀儡にされる……こういった状況になる可能性は、私も皇太子殿下も予想していたということだ。そこで皇太子殿下は、敵に気付かれない形で自らの情報を伝えることをお決めになった」

そう言ってマイアー侯爵が、手紙の最後に書かれたサインを指す。

何の変哲もないサインに見えるが……ここに情報が隠れているようだ。

「皇太子殿下は即位後、自らの状態をサインの向きで伝えると仰《おっしゃ》っていた。右肩下がりなら問題なし、右肩上がりなら『誰かの傀儡としてサインを書かされている』とな」

「なるほど。確かに気付かれにくいな」

皇太子を監禁して自分に都合のいい手紙を書かせるような人間なら、当然手紙に助けを求める印などが書かれていないかをしっかり監視することだろう。

手紙のどこかにマークを書くような単純な方法は、監禁者に悟られる可能性が高い。

だが監禁者が中身を作ったとしても、サインだけは書かせるだろう。

そして……サインのわずかな向きの違いなど、普通は気にしない。

この方法なら、どんな状況であっても情報を仕込めるというわけだ。

もしサインごと偽造されるようなことがあっても、それを見破るのは簡単だしな。

偽造書類は慎重に作るだろうし、わざわざサインを斜めに書いたりはしない……つまり、サインが水平なら偽物だ。

そして今回は……。


「右肩上がりだな」


サインは明らかに意図して、右側が上がるように書かれていた。

偶然では絶対に、こんなに傾くことはないだろう。


「国王が傀儡化されてるとなれば、それはいいニュースだ」

「……そうなのか？　私には悲報にしか感じないが……」

俺の言葉を聞いて、マイアー侯爵は疑わしげな声を出した。

確かに『新国王が誰か（恐らくは俺たちの敵）によって傀儡化されている』というのは、最悪の状況に見えるかもしれない。

だが他のパターンと比べてみれば、今の状況が一番マシだと分かるはずだ。

「考えてみてくれ。新国王がもし傀儡でもなく偽物でもないとしたら、本物の新国王が俺たちを敵に回そうとしてるってことになる。……敵に回すなら、本物より偽物のほうがずっとよくないか？」

「確かにそうだが……新国王が傀儡だとすれば、私たちが国王の権力を敵に回すことになるのは変わりない。全くいいニュースには見えないな」

「傀儡のままならそうだな。でも傀儡ってことは、本人が生きてるんだ。傀儡政権さえ崩れてしまえば元通りだと考えると、一番マシなように思えてこないか？」

「だが、傀儡政権が崩れることなんてないだろう。少なくとも王宮を完全に掌握《しょうあく》しなければ、新国王を傀儡化させることはできない。他の貴族をいくらかき集めたところで対抗できるとは……」

「政治方面から攻めるのは確かに無理だ。でも新国王を傀儡化している奴《やつ》らだって人間だ。前国王を暗殺したところをみると、新国王の傀儡化もまともなやり方じゃないだろう。そいつらさえ死ねば、状況は変わるはずだ」

もし新国王の傀儡化が政治的なやり方だった場合、手を出せば俺たち自身が罪に問われかねない。

たとえば新国王に権力がなくて、他の有力貴族が実質的に権力を握っているような場合だな。傀儡政権を崩したところで、新国王に権力などないのだから。

だがそうではない……新国王を武力で監禁するような方法だった場合、新国王さえ救出してしまえば状況は元通り……いや、むしろ前国王が死ぬ前よりよくなる。

なにしろ新国王の恩人になれるわけだからな。

「確かにそうだ。だが、方法があるのか？」

「方法もなにも、向こうから招待してくれてるじゃないか」

そう言って俺は送られてきた手紙を指す。

手紙には紛《まぎ》れもなく、王宮に来いと書かれている。

「まさか、行くつもりなのか？　見え見えの罠だぞ」

「他に選択肢はないだろう？　それとも、国王からの手紙を無視するのか？」

誘いに乗って戦った場合、状況は俺にとって圧倒的に不利だ。

敵のホームでの戦いになるのだから、有利な状況など作れるわけもない。

もし向こうが俺たちに攻撃を仕掛けてくるのなら、人数差はよくて10対1……そのうえ周囲は罠だらけだろう。

だが、この誘いに乗らないということは『国王の手紙を無視した』ということになる。

連中が俺たちを潰《つぶ》すつもりだとしたら、国と戦争になってもおかしくはない。

ゲオルギス枢機卿と戦うための訓練によって、領地の戦力はそれなりに高くなったが……長期戦をするためには物資が足りない。

ミーナも国を敵に回しては大量の物資など調達できないだろうし、戦闘以前に食料不足で負けることになる。

国家を敵に回すとは、そういうことなのだ。

だが俺が直接王宮に乗り込んで戦う形なら、短期決戦ができる。

王宮を占拠した奴らを少数精鋭で制圧するくらいであれば、食料など不要だ。

それに、誘いに乗って戦うのが不利だというのは、戦力が互角ならの話。

敵は王宮を占拠しているとはいえ、動かせる手駒《てごま》はそこまで多くないだろう。

正面から国を掌握できるような力を持っていれば、新国王の傀儡化なんてまどろっこしい方法はとらないだろうし。

「それはそうだが……エルドを失うくらいなら、戦争のほうがまだマシだぞ。それに手紙には二人で来いと書かれている。エルドは助かったとしても、メイギス伯爵は……」

「私は構いませんよ。死ぬことになるかもしれませんが……元々は死ぬはずだった命ですから」

マイアー侯爵の言葉に、メイギス伯爵が即答した。

どうやら伯爵も、俺とともに来るつもりのようだ。

「決まりだな。作戦を考えよう」

こうして俺たちは、新国王を傀儡にした誰かの誘いに乗ることを決めた。

もっとも……メイギス伯爵を死なせる気など、これっぽっちもないのだが。

◇

「……よし、全員集まったな」

手紙が届いた翌日。

俺とメイギス伯爵は早速王都に出発しようとしていた。

「これだけの護衛で、本当に大丈夫なのですか？」

「ああ。大勢で行っても、どうせ王宮に入れるのは二人だけだしな。……それよりも、領地の守りを薄くすることのほうが心配だ」

今回は護衛として、メイギス伯爵軍の中から10人ほどを選抜して連れて行くことになった。伯爵軍所属ではないが、一応ミーナも護衛としてついていくことになっている。

他の護衛たちも警備に向いたスキルを覚えているので、人数自体は少なくとも、警備能力はそこらの貴族の護衛より高いくらいだろう。

俺たちが乗り込むのは、やたらと豪華な……いかにも貴族が乗っていそうな感じの馬車だ。

メイギス伯爵が元々持っていたのは2人乗りの質素な馬車だったのだが、警備上の都合で3人乗りが欲しいな……などと話していたら、翌朝にはこんな馬車がメイギス商会の前に置いてあったのだ。

こんなことをする人間は、この領地に一人しかいない。

馬車の車輪には当然のように、『マキシア商会謹製』と書かれていた。

今回の国王救出作戦は、マキシア商会のバックアップを受けているわけだ。

「……それにしても、ここまで豪華な馬車じゃなくてよかったんだが」

「エルドたちが王都に行く理由を考えれば、このくらい派手な馬車のほうがいいでしょ？」

確かに国王との交渉にいくという目的を考えると、最低限貴族として格好がつくものが欲しい。

あまり質素な馬車に乗っていくとナメられてしまう可能性もあるしな。

偽物疑惑のある国王本人はともかく、他の貴族たちは今後味方になる可能性もある存在だ。

王宮で戦いを繰り広げたりすれば、場合によっては注目を浴びる可能性もある。

そういう時に『安心して味方につける』と思ってもらえるよう、ある程度は力を示せる……

貴族らしい馬車に乗るのが望ましいのだ。

確かに、望ましいのだが……。

「王都に行く理由を話した覚えはないんだが」

「なんとなく予想はつくわ。エルドたちが急に動くことになるようなニュースなんて、一つしか思い浮かばないもの」

ただ『3人で王都に行く』と言っただけでミーナはこれを用意してきた。

俺たちが王都に行く理由が国王（恐らくは偽物）との交渉だという話は、護衛班以外に伝えていないのだが……。

ミーナが俺たちの作戦をどこまで理解しているのかは分からないが……怖いので聞かないでおこう。

「でも、3人乗りっていうのは意外だったわね。護衛まで同乗させるなんて、エルドにしては慎重すぎない？」

「まあ色々事情があってな。用心するに越したことはない」

今回3人乗りの馬車を使うのは、大盾を持った護衛を同乗させるためだ。

メイギス伯爵を真ん中の席に乗せ、俺と護衛が両側を固める形になる。

これでどこから遠距離攻撃が飛んできても、メイギス伯爵には当たらないというわけだ。

襲撃を受けるとしたら敵は俺たちが王宮に入ってからを狙《ねら》う可能性が高いが……実はそう思わせておいて、油断しがちな道中を狙ってくるという可能性もあるしな。

さらに言えば、このいかにも暗殺されそうな状況で道中の守りを薄くするのは、『襲撃は王宮で行われる』と俺たちが気付いていることをアピールすることにつながってしまう。

敵に余計な警戒を与えないという意味でも、この警備体制は必要なのだ。

ただでさえ警備の人数が少ないのだから、配置は工夫しておきたいところだ。

まあ本当は、もう一つ理由があるのだが。

「色々な事情……ね。予想がつく気もするけど、分かっても言わないほうがいいやつよね？」

「配慮してくれて助かる。……終わったら種明《たねあ》かしをしよう」

「その時を楽しみに待ってるわ」

ミーナの表情には、心配などは全く窺《うかが》えない。

俺たちは当然勝って帰ってくるものだと確信している様子だ。

当然、俺たちも勝つつもりなのだが。

「ああ。行ってくる」

こうして俺たちは、王都へと出発した。

◇

『……監視されてますね』

出発してから1時間ほど経《た》った頃。

護衛班の一人が、外に聞こえない通信魔法でそう伝えてきた。

『サーチエネミーに引っかかるのは3名か？』

『はい、3名です』

3人ほどの人間が俺たちのあとをつけていることには、俺も『マジックサーチ』によって気付いていた。

どうやらあれは、敵による尾行だということで間違いないようだ。

『襲撃要員にしては数が少なすぎる。恐らくは監視だろうな』

『同意見です。……どうしますか？』

『そうだな……目線でも合わせて、気付いたことだけアピールしておいてくれ。もし敵が増えるようなら、襲撃の可能性を考える必要がありそうだけどな』

襲撃がないのであれば、尾行程度は無視していても問題はない。

何もされていないのに下手《へた》に手を出すほうが、偽国王に俺たちを冷遇する口実を与えてしまうからな。

とはいえ、気付いた素振《そぶ》りすら見せないというのも、尾行の依頼者によって侮《あなど》られることになりかねない。

気付いたことだけアピールしておくのが、一番バランスがいいだろう。

もし襲撃してきても、敵が3人程度なら簡単に制圧できるしな。

国王の件にもさっさとカタをつけて、こんな面倒なことを考えずに済むようにしたいところだが。

◇

それから数時間後。

俺たちは襲撃を受けることもなく、無事に王都へとたどり着いていた。

『襲撃はありませんでしたね』

『ああ。ただの監視だったみたいだ』


わざわざ俺たちを監視していた理由は……恐らく、到着のタイミングを測るためだろうな。

大規模な罠を仕掛けるとなると、巻き添えを食わないように戦闘要員以外を避難させる必要もあるはずだ。


俺の予想が正しければ、俺たちを襲撃する場所——恐らく応接間とその周辺は、暗殺要員だらけになっていることだろう。

杞憂《きゆう》だったら楽といえば楽だが、向こうから仕掛けてきてくれたほうが手っ取り早くはあるな。

もし向こうが襲撃を仕掛けてくれなければ、それはそれで動きにくいし。


などと考えていると、数名の騎士たちがこちらに歩いてくるのが見えた。

こちらに向かってまっすぐ歩いているところをみると、どうやら迎えのようだな。

問題は、こいつらが敵かどうかだが……。


『連中はどうだ？』

『全員、黒です』


俺の質問に対して、『サーチエネミー』を持った護衛のサチリスが答えた。

騎士たち全員が俺に対して敵意を抱いているのか。どうやら予想は正しかったようだな。

『分かった。あとは作戦通りに頼む。……危険な役目を任せることになるな』

『……エルドさんの立てた作戦ですから、心配はしていません。絶対に成功させます』

そう言葉を交わしたところで、騎士たちは俺たちの元へとたどり着いた。

先頭に立っていた騎士は馬車に、真っ先に俺たちに声をかける。

「メイギス伯爵、エルド様。お待ち申し上げておりました」

そう言って騎士は俺たちに対し、うやうやしく頭を下げた。

そんなことをしても、『サーチエネミー』による敵意の検出は避けられないのだが。

「待たせて悪かったな」

「いえ。いつでも準備はできておりますので。……さっそく、王宮までお越しいただけますか？」

「分かった。王宮に入るのは初めてなんだが……護衛はどうしたらいい？」

「王宮内は我々王国騎士団がしっかりと警備しておりますので、ご安心いただければと思います」


護衛はついてくるなというわけか。

まあ予想通りだな。

王宮内に護衛を連れて入れないのは、国王が偽物でなくとも同じだろうし。

「じゃあ、お前たちはここでいったん解散だ。終わる頃に集合してくれ」

「「はい！」」

護衛には、いったんバラバラに動いてもらうことになっている。
一箇所に固まっていると、敵に動きを悟られやすいからな。

敵が護衛にまで監視をつけるかもしれないが……仮に監視がついたとしても、全員がバラバラに動けば監視しきるのは難しいはずだ。
護衛の中で一番目立つミーリアに対して『サーチエネミー』を使っている者もいるので、監視していればすぐに分かるしな。

彼らには彼らの役目があるので、できるだけ動きやすい状態でいてほしいというわけだ。
できれば護衛に加わらず、敵に動きを悟られない別働隊を組織したかったのだが……伯爵軍の主力はどうせ顔と名前を把握されている可能性が高いので、このような形をとることになった。

「じゃあ、案内を頼む」

「お任せ下さい」


これで俺たちはたった二人で、敵が何人いるかも分からない王宮に向かうことになった。

未知のダンジョンに放り込まれるみたいで、少しだけ楽しみだな。

いざとなったら『スチームエクスプロージョン』あたりで壁を壊して脱出できるという意味では、ダンジョンよりずっと戦いやすいが。

第二章

それから数分後。

俺《おれ》たちは厳重な警備をくぐり抜け、王宮の中にいた。


持っていた杖《つえ》は入り口で取り上げられてしまったが……もちろんそれは想定済みだ。

普段使っている杖は収納魔法に隠してあるので、取り上げられたのは予備の……見た目だけ強そうで、実際はほとんど使い物にならない杖だ。

収納魔法の中を調べる魔法がない以上、荷物検査などは無意味に等しい。


「こちらへどうぞ」


俺たちが案内されたのは、金属製のやけに頑丈そうな扉がついた謁見の間だった。

王宮という場所の性質を考えると、頑丈な作りになるのは理解できるが……それにしたって、普通はもっと見て分からないように作るはずだ。

他の部屋と比べても、この部屋の扉だけ明らかに浮いている。


これは……俺たちが来るのに備えて、部屋ごと新しく作ったのかもしれないな。

もし俺たちを殺すためだけに王宮の改築までしたのなら、大した気合の入りようだが……

もしかしたら、俺たち以外にも始末したい奴《やつ》がいたのかもしれない。


蝶番《ちょうつがい》や鍵《かぎ》の構造を見る限り、中途半端《ちゅうとはんぱ》な威力の魔法ではビクともしないだろうな。

高威力の魔法ならさすがに壊れるかもしれないが、俺たち自身を巻き込む可能性を考えると、扉との距離をどのくらい取れるかが鍵になってきそうだ。

などと周囲の様子を観察しつつ、俺とメイギス伯爵は部屋に入る。


「こちらでお待ち下さい」


そう言って騎士たちは部屋を出ていき、扉を閉めた。

扉が完全に閉じるのとほぼ同時に、ガチャリという重厚な音が聞こえる。

鍵をかけたのだろう。

問題は、ここからどう出てくるかだな。

一番安全な暗殺の方法としては、部屋に毒ガスでも流し込むことだが……それは恐らくない。

扉に気密を確保するような機構はなかったし、毒殺に使うにはこの部屋は広すぎる。

次に爆破《ばくは》の可能性だが、それもあまりなさそうだ。

この部屋は王宮の1階中心部付近、それも太い柱の近くだ。

明らかに、爆殺には向かない位置だ。


ここで俺たちを確実に殺すような威力の爆破を行おうとすると、柱ごと吹き飛ばすことになる。

建物に大穴が開くくらいならまだいいほうで、王宮が丸ごと倒壊しても全く不思議ではない。

王宮を破壊してでも俺たちを殺す……ということなら大した覚悟だが、まずないな。

先程、無詠唱の『マジックサーチ』で王宮内の魔力反応を探ってみたが、王宮内にはまだまだ普通に人がいる。

俺たちがいる部屋の付近だけはやや少ないようだが、それ以外は全く避難などしていない様子だ。

敵が王宮を占領している可能性が高い以上、中にいるのはその仲間だろうし、流石《さすが》に巻き込まないだろう。

もし敵が仲間の命をなんとも思わないような集団だったとしても、戦力を無為に減らすことは避けたいだろうからな。

誰《だれ》も避難していないということは、建物ごと壊すつもりはないということだ。

となると恐らく、敵は部屋の外からではなく直接殺しに来る。

あるいは俺たちを自然な形で、他の部屋——俺たちを殺すための部屋へと誘導してくるかだ。

いずれにしろ、敵の動きを待ったほうがよさそうだな。


「よく来てくれた」

俺たちが部屋に案内されてから数分後。

部屋の奥の扉が開き、国王……と思《おぼ》しき人物が現れた。

背後には護衛として4人の騎士がついているが、この距離なら魔法を打ち込めばまとめて殺すこともできる。

とはいえ、相手が本物の可能性もある以上、まだ手を出すべきではないだろう。

「陛下のお求めとあらば、馳《は》せ参じるのは当然でございます」

メイギス伯爵がそう答えるのを見ながら、俺は護衛たちを横目で観察する。

本物の国王を人質にとって、護衛が本命の攻撃を仕掛けてくる……という可能性も十分ある。

せめて目の前にいる国王が本物かどうか分かればいいのだが、高度な変身魔法を見抜くのはなかなか難しい。

動きなどから判断するほかないだろう。

「メイギスよ、君の忠誠を喜ばしく思う。……そして、君とは初めて会うな。冒険者エルドよ」

ふむ……どう答えるべきだろうか。

いくら冒険者といえども、敬語を使うのはまずいんじゃないかという感覚はあるが……以前聞いた話では、確か冒険者は王族相手ですら敬語を使わないんだったな。

冒険者が敬語を使うと、逆に胡散臭《うさんくさ》く感じられてしまうという話だった。

……冒険者という職業の性質を考えると、むしろ使えない者が多いのかもしれないが、いずれにしろ敬語は使わないほうがいいだろう。

郷《ごう》に入りては郷に従えというやつだ。

「ああ、はじめましてだ。まさかいきなり王宮に招待してもらえるとは。……光栄な話だな」

「君の活躍の噂《うわさ》はよく聞いている。いつかは会うことになると思っていたが……このような件で招待することになって悪かったね。急に父上が亡くなって、王国もなかなか複雑な状況なんだ」

ふむ……。

口調などに不自然さは感じられないな。少なくとも洗脳魔法などを受けていることはなさそうだ。

もし本物が脅されて出てきているとしたら、何かしらのサインがあってもよさそうなものだが……怪しい動きを見せたら殺すなどと言われていた場合、本物の国王であっても自然な動きをしてくることはあるだろう。

一般人などなら恐怖で声が震えたりしてバレるかもしれないが、国王ともなれば胆力《たんりょく》もあるだろうし。

ここでわざと声を震わせるなどといった機転を利《き》かせてくれると、国王が敵か味方か分かって楽なのだが……あまり期待はできないだろう。

「国が大変な状況なんだ。報酬は後払いで構わない。……10年払いとかでも難しいか？」

どうせ最後まで無事には終わらないだろうが、いったんは真面目《まじめ》に交渉をしておく。

別に金には困っていないし、報酬の額が減るくらいは構わないのだが……『どうせ途中で殺し合いになるのだから、交渉などどうでもいい』という態度をとっているのがバレるのは避けたいからな。

対人戦では一瞬の差が勝負を決めることもある。

敵に少しでも『俺たちは襲撃に気付いていないかもしれない』という希望を抱かせることで、俺たちの動きを読ませないというわけだ。

ただでさえ相手は俺たちに攻撃を仕掛けるまで、国王の権力によって主導権を握れる状況なのだから、少しでも有利な要素を作っておきたい。

もし相手が対人戦に慣れているとすれば、間違いなく中途半端なタイミングで攻撃を仕掛けてくるだろう。

攻撃が来ると予想できるタイミングで仕掛けるのは素人《しろうと》がやることだ。

だからこそ、一瞬たりとも気を抜くわけにはいかない。

だが、人間というのは何時間も完全な集中状態を保てるようにはできていない。普通は時間とともに集中力が落ちる。

相手がそれを理解していれば、交渉は長丁場に——俺たちが集中を保てなくなるのに十分な程度の時間をかけてくるはずだが、どうなるだろうか。

「10年払いか。確かにそれなら、王国にとっての負担はそう重くない。なかなかいい提案だとは思う。だが……その話はいったん後に回させてもらえないか？」

「……他にもっと重要な話があるということか？」

「ああ。そのために……後ろの護衛を片付けてくれ」

国王はまるで世間話でもするかのように、俺たちにそう告げた。

言っている内容と口調が全く合っていない。

そのあまりの不自然さに、騎士たちの反応が一瞬遅れる。

俺はその隙《すき》を見逃さず、即座に動いた。

「ファイア・アロー！」

俺は護衛の一人に向けて魔法を放つと同時に、収納魔法から杖を取り出す。

最初の魔法は杖なしで撃ったので高い威力は出ないが、普通の人間相手ならこの威力でも大丈夫だ。

「ぐあああああぁぁ！」

炎を浴びて悲鳴を上げる騎士を無視して、俺は２人目を制圧しにかかる。
国王を巻き込んでしまう可能性があるので、高威力の範囲魔法は使えない。
相手が４人もいるのだ。とどめを刺している暇《ひま》はない。

そんな状況の中、国王は俺の横を素通りして背後へと走り抜けていく。
騎士と戦うのは俺に任せて、自分の安全を確保しようという動きだな。

いい判断だ。非戦闘員が下手《へた》に戦うより、とにかく距離をとってくれるほうが戦いやすい。
とはいえ……まだ俺は国王を信用しきってはいないので、途中で不意打ちを仕掛けられても対処できる態勢でいるのだが。

「ファイア・アロー！」

俺は2人目の騎士に向かって魔法を放つと同時に、3人目の騎士の頭めがけて杖を振り抜いた。
杖による殴打に大した威力は期待できないが、対複数の戦いでは威力より手数だ。
いくら鎧《よろい》をつけていても、頭を鈍器で殴打されれば動きは鈍るからな。

「させるか！」

流石に一人目が倒された時点で騎士も警戒していたようで、俺の杖は剣によって受け止められた。
だが、これでいい。
たとえ相手にダメージを与えることはできなくても、剣で受け止めさせることができれば攻撃の暇を奪えるからな。

「ファイア・アロー！」

杖を受け止めた隙をついて、3本目の『ファイア・アロー』が騎士に突き刺さった。
これで残り一人——そう思ったところで、騎士の声が響いた。

「動くな！」

騎士は俺を無視して、メイギス伯爵のほうへ走り込んでいた。

正面からぶつかり合うのは不利だと判断して、人質をとる判断に出たわけだ。

これ自体は間違った判断ではない。

国王の裏切りと俺の奇襲によって仲間のうち3人を失った以上、非戦闘員であるメイギス伯爵を人質にすることで時間を稼いで援軍を待つのは当然だろう。

少なくとも、俺に対して直接斬《き》りかかるよりはよほど勝率が高い。

だが、それはメイギス伯爵が本当に戦えないならの話だ。

剣を上段に構えて走り寄る騎士に対して、メイギス伯爵は――。

「精霊蹴撃《しゅうげき》！」

攻撃スキルを放った。

騎士は伯爵から反撃があることを予測していなかったようで、一瞬驚いた様子を見せたが

……すぐに剣を横に構えて防御態勢を取りながら、まっすぐメイギス伯爵のほうへと踏み込んだ。


距離が詰まりすぎていて、俺からは魔法を撃てない。

そこまで読んで踏み込んだのだとしたら、この騎士はなかなか戦い慣れている。

俺たちのもとへと派遣されるだけのことはあるのかもしれない。


しかし『精霊蹴撃』に対してこの戦術は悪手だ。

なぜなら、この『精霊蹴撃』は攻撃スキルであって攻撃スキルではない、特殊な立ち位置のスキルだからだ。

その効果は、受け止められてこそ発揮する。


「ファイア・ボム！」


俺は『精霊蹴撃』が剣で受け止められたのを確認して、炎魔法を放った。

少し距離があるため『ファイア・アロー』では避けられる可能性が高いため、着弾地点で爆発《ばくはつ》するタイプの魔法を使っておいた。

これなら多少の距離があっても、地面に着弾させればほぼ避けられない。

周囲に味方がいると巻き込んでしまう可能性が高いが……魔法が発動した時にはメイギス伯爵は――いや、サチリスは宙を舞っていた。


国王は本物だったが、メイギス伯爵は偽物《にせもの》だったというわけだ。

敵地のど真ん中に足手まといを抱えて入るわけにはいかないからな。

ちなみに本物のメイギス伯爵は、馬車の中で盾を構えていた護衛役のほうだ。


サチリスの職業である精霊弓師《ゆみし》は弓使いの系統なので、基本的に近接戦闘を苦手としている。

先程使った『精霊蹴撃』は、そんな精霊弓師が持つ数少ない近接スキルだ。

その効果は、蹴りの反動を利用した後退。

威力は皆無に近いが、通常のスキルなら攻撃に使われる精霊の力を『逆方向に』使うことによって、一気に数メートルもの距離を飛び退《の》くスキルだ。

精霊弓師はこのスキルによって、近接職相手に有利な距離を維持して戦うことができる。

「分かってましたけど、スキルを使うと解除されちゃうんですよね……。変装魔法って」

そう呟《つぶや》きながら着地したサチリスは、近くにあったタンスを蹴り倒して部屋の扉をふさいだ。

戦闘音には、敵も当然気付いているだろう。

だから入り口をふさぐことで援軍が入ってくるのを少しでも遅らせようというわけだ。

「嘘《うそ》の自己紹介をして申し訳ございません、国王陛下。メイギス伯爵軍所属の、サチリスと申します」

「いや、構わないよ。……事前に相談もなく動いたのに、よく対処してくれた。……見ての通り敵意はない。助けてくれたことを感謝する」

そう告げながら国王は剣を地面に置き、両手を開いてみせた。

まだ俺たちが国王（恐らく本物だが、確証はない）を信用していないのを理解しているということだろう。

国王に敵意はないように見えるが……騎士たちを制圧させることすら、俺たちを油断させる演技だという可能性はある。

かといって、国王を疑ったまま戦うのもなかなか難しい。

幸いなことに、国王が本物かどうかをはっきりさせる方法がある。

本物の国王は手紙のサインをわざと右肩上がりに傾けて書くことで、俺たちに『サインを強制されている』というメッセージを伝えた。

もし国王が本物であれば、そのことを当然に知っているはずだ。

「手紙に何かメッセージを忍ばせたか？」

「右肩上がりのサインだ」

どうやら本物のようだな。

救出しにいく手間が省《はぶ》けてラッキーだ。

「脅して従わされていたというわけか」

「ああ。奴らにはお前たちを誘導して、地下にある宝物庫に見せかけた部屋に誘導しろと言われていた。報酬の代わりに国宝級の財宝をやるからと言ってな」

なるほど。

確かに地下室なら地上と比べて、人を殺すための部屋も作りやすいだろう。

爆破でも毒殺でも、王宮本体よりはるかにやりやすい。

その計画は、国王の裏切りによって完全に破綻したわけだが。

連中も国王が裏切らないように護衛として監視役をつけていたのだろうが、国王の裏切り方はあまりに自然すぎたからな。反応が遅れるのも無理はない。

「さっきの作戦、いつ考えたんだ？　……俺たちが対応できる保証もないのに、あそこまで自然に裏切るとは流石に思わなかったんだが」

「作戦を思いついたのは、メイギス伯爵が偽物だと気付いた時だな。あれで君たちはここに交渉ではなく殴り込みに来たのだと理解した。恐らくだが……君たちは最初から、私を助ける目的で来てくれたのではないか？」

メイギス伯爵が偽物だというだけで、そこまで理解したのか。

これは味方にすれば頼もしいな。思わぬ収穫だ。

「その通りだ。まさか一瞬でそこまで見抜いてくれるとはな」

「国王として当然のことだ。父上を殺され、奴らの手に落ちただけでも大失態だというのに、これ以上の失態を積み重ねるわけにもいかないからな。もし君たちの作戦を崩してしまっていたら申し訳ないが、これでよかったかね?」

「もちろんだ。こっちから仕掛けるとしても、第一目標は結局この形……国王陛下を生きたまま確保することだったからな。予定より簡単に済んで助かった」

国王救出計画の難しいところは、『いつ戦いを仕掛けるか』と『どうやって本物の国王を見分け、救出するか』だと予想していた。

その2つの課題を、国王が自分で解決してくれたというわけだ。

これで後は敵を蹴散らすだけで済む。高威力魔法だって打ち放題だ。

聞きたいことは沢山あるが……それは後回しだ。

国王の身柄確保に成功したとはいえ、ここはまだ敵地のど真ん中なのだから。

「それで、これから俺たちはどうすればいい？」

「そうだね……元々の予定では、どうするつもりだったのかね？」

「敵を一掃して王宮を奪還するのが、元々の作戦だ。だが俺は王宮の中の状況を完全に理解しているわけじゃない。もっといい作戦があるなら、それも検討《けんとう》しよう」

たとえ国王を救出しても、敵が何らかの手段で偽物を立ててくる可能性は排除できない。

本人のサンプルがないと変装魔法は使いにくくなるが、今の国王が死んだことにしてさらに次の国王を立てるとかな。

だが王宮を丸ごと奪い返せば、そういった足掻《あが》きを封じることができる。

国王の権力も取り返すことができるので、俺たちにとっても旨味《うまみ》があるというわけだ。

ただ国王を助けるだけじゃ、ただのボランティアだからな。

助けた国王に権力を持たせてこその、国王救出作戦だ。

それに対して、国王の反応は……。


「それが最善であることは間違いないが……うむ……」


うーん。

あまり乗り気ではなさそうな雰囲気だな。

相手が無能なら無視して王宮を問答で奪い返し、無理矢理にでも恩を売りつけるところだが
……俺たちに救出を求めた時の動きを見る限り、この国王はかなり有能だ。

その彼が王宮奪還に乗り気でないのなら、理由を聞く価値はあるだろう。


「乗り気じゃなさそうだな。何か理由があるのか？」

「もし王宮を奪還することが可能なら、それが最善なのは間違いない。だが、難しいだろうと

予想している」

「人数差の話か?」

俺は敵の逃亡を許さないために、護衛部隊を別働隊として動かしている。

隠し出口などからの逃亡を防ぐべく『サーチエネミー』などの探知魔法を使える者を大量投入しておいた。

これは国王が偽物だった場合、国王だけをどこかに移動させられることを防ぐ目的も兼ねている。


逆に言えば、直接戦闘に参加できる人員はあまり多くない。

人数差だけで見れば、確かに救出は難しく感じるだろう。

もっとも、室内での戦闘は屋外に比べて攻撃を集中させにくいため、人数より個々の強さが問われやすい。

敵の数が多くても、質が低ければ全滅させるのは難しくないだろう。

国王の護衛についていた連中の力を見る限りだと、そこまで強い奴が揃《そろ》っているようには思えないが……。

「ゲオルギス枢機卿《すうききょう》との戦いの件に関しては、私も報告を受けている。この程度の人数差であれば、君にとっては問題にならないだろう。……問題は、レクタスという男だ」

「強いのか？」

「ああ。私にも近衛《このえ》はついていたが……その男一人によってほぼ全滅させられた。あいつは格が違う」

なるほど。

近衛騎士団を全滅というのがどのくらいの強さかは分からないが、一人でも強い奴がいるのであれば、それは警戒に値するな。

直接俺の前に姿を現さなかったあたり、かなり慎重な性格の人間かもしれない。

「そいつは『絶望の箱庭』のメンバーか？」

「分からない。だが可能性は高いと考えている」

相手が『絶望の箱庭』だとしたら……警戒度は若干《じゃっかん》落ちるな。

というのも、連中が主力にしてきたゲオルギス枢機卿は、そこまで強くなかったからだ。

あれより強い奴がいるのであれば、『絶望の箱庭』はゲオルギス枢機卿の護衛としてそいつを採用した可能性は高いだろう。

だが、油断はできない。

問題はゲオルギス枢機卿の件で『絶望の箱庭』が出し惜しみをしていた可能性はある。

これもありえなくはない。人数差からいけばゲオルギス枢機卿はまず負けない戦いだったし、『絶望の箱庭』も枢機卿の援護だけに総力を挙げるわけにはいかなかっただろう。

状況を見て慌てて主力を投入してきた……ということであれば、ゲオルギス枢機卿より強い奴がいる可能性もあるな。

ゲオルギス枢機卿と違って使い捨ての戦闘員なら、人工魔神薬のようなドーピングで一時的に力を強化して戦ってくるという線もある。

だが、関係ない。

この機会を逃せば、王宮の守りはもっと固められるだけだろう。国王を救出すれば警戒度も上がるはずだ。

相手が強いのなら尚更《なおさら》、ここで勝負を決める以外ない。

一度この部屋に足を踏み入れた時点で、すでに退路はないも同然なのだ。

「作戦に変更はない。敵の特徴を教えてくれ」

「……分かった」

俺の目を見て、国王はすぐさま説得が無駄だと理解したようだ。

さて、作戦会議と行くか。

第三章

The Invincible Sage in the second world.

03

国王確保から10分ほど経《た》った後。
俺《おれ》たちは先程までと同じ部屋の中で、敵の様子を探っていた。

「動きがないな……」

敵は確実に、俺たちが国王を確保したことに気付いているはずだ。
その直後——国王と今後の方針について相談していた頃は、敵も慌ただしく移動していた様子があった。
だがここしばらく、敵は全く何の動きも見せていない。

「全員が配置につき、私たちが動き出すのを待っている……ということでしょうか」

「その可能性は高いな。待ち伏せの姿勢だ」

敵の配置をよく見てみると、待ち伏せとしてはなかなか効率的な形になっている。

たとえば、この部屋の出口だが――外に出た瞬間に、部屋の両側から挟み撃ちになるような配置だ。

遠距離戦闘の基本だな。

範囲魔法でも2つの方向を同時に制圧することはできない以上、片側を潰《つぶ》してももう片方からの攻撃が飛んでくる。

明らかに待ち伏せする側が有利だというわけだ。


「どうしますか？」


サチリスがそう尋ねた。

敵が攻撃を仕掛けて来てくれるなら片っ端から撃破すればいいだけだが、待ち伏せをされると少々戦いにくい。

マジック・ヴェールなら攻撃は防げるが、あの魔法は桁違《けたちが》いの魔力を消費するので、この人数差で使うのは得策ではないだろう。

作戦として一つ考えられるのは、外からミーリアを突っ込ませる方法だな。

メイギス伯爵軍には、サチリスより強い者が何人もいる。変装だって可能だ。

それでもサチリスを選んだのは、外部との連絡を担《にな》えるからだ。

俺の攻撃に備えた陣形は、外からの攻撃にはもろい。

ミーリアに背後をついてもらえば、陣形を崩すのは容易《ようい》だろう。

だがミーリアは他にも役目がある。できれば他の方法でなんとかしたいが。

……などと考えつつ俺は、部屋に置いてあった椅子《いす》に腰を下ろした。


「とりあえず、飯でも食おう」


そう言って俺は、収納魔法から食料を取り出す。

王都には色々と美味《おい》しいものがあると聞いていたのだが、残念ながらそれを買ってくる時間はなかった。

領地から持ってきたものがあるので、それを食べることにしよう。

「そうですね。防音魔法を張っておきます」

サチリスもそう言って防音魔法を張ると、俺が出した食料——調理パンや瓶詰《びんづ》めなどを食べ始めた。

王宮の机を勝手に使うのはどうなのかとも思うが、高そうな家具を蹴《け》り倒している時点で今更だろう。

「ちょ、ちょっと待ってくれ！」

「どうした、国王ともなると庶民の食べ物はダメか？　結構美味《うま》いぞ？」

戦闘中の食料は士気に関《かか》わるため、領地の料理人に頼んでちゃんとしたものを作ってもらったのだが……そのかいあって、この戦闘食料は人気だ。

食べすぎる者が出る可能性を考えてもう少しだけ味を落としてもらおうかとも思ったが、やっぱりこのままでいいな。

誰《だれ》だって、微妙な味のものを食べながら戦いたくはないだろうし。

「いや、そうではなく……君たちは今の状況を理解しているのか？」

「分かってるぞ。敵地のど真ん中で孤立していて、部屋を一歩でも出れば集中砲火を受けるって状況だな」

言葉にしてみると、けっこう不利な状況だ。

敵地のど真ん中に突っ込んだのは俺たちなのだし、当然といえば当然なのだが。

「……では、なぜ飯を食おうという発想になる？」

「そろそろ飯時だからな。夕飯を食わずに来たから、腹が減ってるんだ」

「……冗談だろう？」

俺が大真面目《まじめ》な顔で答えると、国王は信じられないといった顔で問い返した。

まあ、あの作戦会議から飯の時間が始まるとは思わないだろうな。

だがこれも、勝率を上げる作戦の一環だ。

「本気だ。……飯を食ってないのは俺たちだけじゃないだろうからな。敵も腹が空《す》く頃だし、もう少しゆっくり待ってもいいんじゃないか」

「まさか敵の腹を空かせるために、時間をつぶすつもりか？」

「それだけじゃないけどな。……今は護衛の騎士を４人倒して国王を確保され、ちょうど警戒態勢についた直後だ。誰だって集中してるだろ？　……でも、そんな集中状態はいつまでも保てるものじゃない」

敵が待ち伏せの姿勢を取っているということは、敵は戦いを始める主導権を放棄したということだ。

いつでも勝負を仕掛けられるというのに、敵が集中しているタイミングを選んでやる必要はない。

じっくりと、敵が精神力を消耗するのを待とうじゃないか。

サチリスに防音魔法を張らせたのも、それが目的だ。

俺たちの様子が分かっているのと分かっていないのでは、警戒に必要な集中力が違うからな。

ずっと立っていると、足も疲れるだろう。相手の様子が分からないということは、休めないということなのだ。

しびれをきらして突入してきてくれれば、待ち伏せを続けられるよりずっと戦いやすい。

そうでなくとも、相手が体力や精神力を消耗した状態なら、勝率はかなり上がる。

敵の戦力が分からないからこそ、少しでも勝てる要素を増やしておくというわけだ。

「……敵地のど真ん中で飯か。大した胆力《たんりょく》だな。蛮勇と言ってもいいくらいじゃないか？」

「そんな奴《やつ》らじゃなきゃ、敵地のど真ん中に助けに来たりしないだろ。蛮勇に感謝してほしいくらいだ」

「はは、違いない。……もし騎士団に興味があったら、いつでも言ってくれ。……それと国王命令だ。そこにあるパンをひとつくれ」

どうやら俺たちの作戦は気に入ってもらえたようだな。

話の分かる国王だ。

◇

「ところで、さっき言ってた『奴ら』って誰だ？」

食事を終えて一息ついてから俺は、国王にそう切り出した。

ちなみに敵の動きは常時『マジックサーチ』と『サーチエネミー』で見張っているため、俺たちが不意打ちを受ける可能性は低い。

サチリスは王宮の外にいる仲間たちと常時連絡をとって、外の動きを監視中だ。

「私の予想が正しければ……『絶望の箱庭』とザイエル帝国だ。断片的な情報から推測したものだから、確実とは言えないがな」

「ザイエル帝国……初めて聞く名前だな。どんな国だ？」

「大国だよ。人口は我がファスティア王国に比べて10倍近いはずだ。……内部の統制は強い軍事力によって保たれている」

なるほど。
人数が多いうえに統率力もあるとなると、敵に回すとなかなか厳しそうだな。
そんな奴らが『絶望の箱庭』と組んでいる……面倒な状況だな。

「そのザイエル帝国は、敵国なのか？」

「ああ。今までは地形のおかげで大規模な侵攻は防げていたが、まさか連中が『絶望の箱庭』と手を組むとは……」

「『絶望の箱庭』とは、以前から組んでたわけじゃないんだな」

「分からない。だが連中は今まで軍事力で多くの他国を併合し、国土を奪い取ることで大きくなってきた。乗っ取りのような裏工作ではなく、直接戦争でカタをつけてきたのだよ」

急にやり方が変わったということは、たしかに組んだのは最近かもしれないな。

帝国が『絶望の箱庭』と手を組んだのか、単に乗っ取られた後なのかは分からないが……いずれにしろ帝国は敵と考えてよさそうだ。

ゲオルギス枢機卿を倒したと思ったら、今度は随分とでかい組織が出てきたものだな。

「ちなみに、ザイエル帝国が関わっているという根拠があるのか？」

「証拠となるような品は身につけていなかったが、剣術がザイエル流に近かった。冒険者や我が国の騎士は主に対魔物戦を想定した剣術を使っているが、ザイエル流は対人――人を殺すための剣術だ」

剣術か。

それだけでは根拠として弱い気もするが、もし敵が所属を隠したがっているとすれば、細かい動きなどから推測するしかないのだろうな。

国王の観察眼がどこまで信用できるかは分からないものの、そういう話があったということは覚えておこう。

などと考えていると、サチリスが口を開いた。

「お話し中失礼します。敵が動き始めたようです」

どうやらサチリスが敵の動きを捉《とら》えたようだ。

俺もマジックサーチを使ってみたが、敵の配置はほとんど変化していない。

これは、狙《ねら》い通りのパターンか？

「ほとんど移動はしていないみたいだな」

「はい。しかし『サーチエネミー』に引っかかる魔力反応が、少しだけ動きました。複数名です」

どうやら俺たちの狙い通り、敵の集中が切れ始めたみたいだな。

敵が集中しているうちは、魔力反応は基本的に全く動かない。

だが時間とともに集中が落ちてくると、人はウロウロ歩いてみたり、凝り固まった体をほぐしてみたり、地面に座ってみたりするものだ。要するに手抜きだな。

そういった小さな動きでも、『サーチエネミー』は捉えられる。

「分かった。攻撃を始めると仲間に伝えてくれ」

「はい」

そろそろ日が暮れる頃だ。

完全に日が落ちてしまうと、もし敵が逃げに転じた時に発見しにくくなる。

あまり時間をかけすぎると援軍が来る可能性もあるし、そろそろ動いたほうがいいだろう。

「私はどうすればいい？」

俺が杖《つえ》を構えたところで、国王が俺に尋ねた。

そうだな……ある程度戦えるのであれば、動いてもらったほうが楽な面もあるのだが……国王の戦闘能力など推測もつかないな。

王族教育の一環で、戦闘も習ったりするのだろうか。

「戦闘の経験はあるか？」

「剣術は一通り習っているが、魔法やスキルを使った戦闘は経験がない。実戦は初めてだ」

戦わせないほうがよさそうだな。

それはそれで、元々の作戦が使える。

「ここに隠れていてくれ」

そう言って俺は収納魔法から、大きな彫刻を取り出した。

王宮にあっても不思議ではなさそうなデザインで、かつ人が入れる大きさのもの……ということで、事前に作って持ってきたものだ。

中にはちゃんと、人が隠れられるスペースがある。

「これは……バレないのか？」

「軽い隠蔽《いんぺい》魔法がかかっているから、注目される確率はほぼゼロと言っていい。もちろん敵が王宮の隅々まで探し回ったりすれば、見つかるだろうが……そんな余裕を与えるつもりもないからな。……王宮を多少破壊することになるが、問題ないよな？」

「それならいいが……巻き込まないでくれよ？」

そう言いながら国王は、彫刻の中に入った。

入り口が見えてしまうと簡単にバレてしまうので、その面が壁に接するように置いておかないとな。

「善処しよう。サチリス、そっちを持ってくれ」

「はい」

俺たちは国王が入った彫刻を部屋の隅に置いた。

視界を完全に奪われた状態で運ばれた国王が、少し不安げな声をあげた。

「おい、本当に大丈夫なんだよな？」

ふむ。確かに外の状況が分からない中で彫刻の中にいるのは、いくら国王とはいえ怖いだろう。

ここは少しでも安心できる情報を伝えておいたほうがいいか。

「安心してくれ。優秀な回復系魔法使いを連れてきてるからな」

「今の一言で、余計に安心できなくなったんだが。まるで治療前提みたいな言い方を……」

「……俺たちを信じてくれ」

そう国王に告げながら俺は、地面に伏せた。

理由はもちろん、自分の魔法の巻き添えを食わないためだ。

「では、派手に行こうか。——スチームエクスプロージョン！」

俺が放った魔法が炸裂《さくれつ》したのは、壁でも扉でもなく天井《てんじょう》だ。

魔法の威力によって天井は崩落し、上の部屋にあった高そうな調度品がバラバラと落ちてくる。

落ちてきたのは、もちろん物だけではないが。

「ぐああああああぁぁ！」

「一体何……がっ⁉」

上の部屋にいた人間が次々と地面へ落ちていく。

ほとんどは『スチームエクスプロージョン』によって絶命していたが、爆心地から遠かった者はまだ息があるようで、地面に激突して悶絶《もんぜつ》したところをサチリスの矢に貫かれていった。

「一気に行くぞ！」

俺はそう言って、部屋の扉を蹴破《けやぶ》った。

元々は頑丈な扉だったようだが、それを支える壁が『スチームエクスプロージョン』の余波で崩れかけになっていては、扉も本来の強度など発揮できない。

轟音《ごうおん》とともに吹き飛んだ扉から頭を出した俺は、通路の端で待ち伏せしていた連中に魔法を打ち込む。


「ファイア・ボム！　……フレイム・サークル！」

「クイント・アロー！」


背後ではサチリスが、通路の反対側にいた連中に矢を放っていた。

連中は元々、こういった状況で俺たちを挟み撃ちで潰すために配置されている。

本来であれば顔を出すと同時に、連中の魔法が飛んできたことだろう。


だが連中はすでに、完全に冷静さを失っていた。

気を抜きかけたところに、今まで何の動きも見せていなかった敵が王宮を破壊し始めたのだ。

驚くのも無理はない。

集中力が落ちていればいるほど、緊急時にとっさの対応ができなくなる。

対人戦闘では、それが命取りだ。

「ぎゃあああぁぁ！」

「助けて……助けてくれえええぇ！」

炎と矢によって、敵が次々と倒れていく。
命乞《ご》いをする者もいるが、情けは無用だ。
この王宮の中にいる者が全員敵であることは、すでに国王から確認がとれている。

「制圧完了！」

「こっちも終わった」

俺はそう言って、廊下から首を引っ込めた。
かなりの数の敵を倒せたので一気に畳み掛けたくなるところだが……ここは冷静に、スチームエクスプロージョンの再使用待機時間が明けるのを待つ。
爆発《ばくはつ》からこれだけ時間が経った今、多少急いでも奇襲効果はない。

できる限り使える手札が多い状態で接敵するのが、対人戦のセオリーだ。

「あと45秒だ。……通信を頼む」

「はい。ルミアにつなぎます」

そう言ってサチリスが、通信魔法をルミアにつないだ。
ルミアは伯爵軍に所属する精霊弓師《ゆみし》だ。

彼女は戦闘面では目立たない存在だが、観察眼が優れている。
ただでさえ精霊弓師は知覚能力に優れた職業なので、スキルを手に入れてからその観察眼がさらに強化された。
町中に冒険者として紛《まぎ》れ込《こ》んで作戦補助をする役目としては、まさにうってつけだ。

『外の状況はどうだ？』

『怪しい動きをする人間を12人見つけました。恐らく敵だと思われます』

ふむ。

やはり町中にも敵が潜んでいたか。

王宮を丸ごと占領するくらいなんだから、当然町中にもいるよな。

『そいつらは何の目的で町中に潜んでたんだ？』

『装備を見る限り、狙撃《そげき》のようです。恐らく窓からの侵入などを防ぐ目的でしょう』

『なるほど。……全滅させられそうか？』

『恐らく難しいかと。分かりやすい動きをしてくれればいいのですが、屋内で待機している者はどうしようもありません。……『サーチエネミー』にも引っかからない者が大半のようです』

ふむ。

やはり命令内容によっては、『サーチエネミー』に引っかからないか。

もし敵が『エルドを殺せ』と命令を受けていたら、当然『サーチエネミー』に引っかかる。

だが恐らく王宮の外で待機している敵は、『王宮の外壁付近に人がいたら、誰であろうと殺せ』などといった命令を受けているのだろう。

その場合、連中は別に俺へ敵意を抱いているわけではないので、サーチエネミーには引っかからない。

こういった状況では、スキルだけに頼らない観察眼が大切になるというわけだ。

『分かった。そのまま制圧を継続してくれ。……冤罪《えんざい》には気をつけてな』

『もちろんです。エルドさんもご無事で』

窓の外を使って奇襲を仕掛ける手も考えていたのだが、これは正攻法のほうがよさそうだな。

予定通り、破壊活動に勤《いそ》しむとするか。

「よし、次いくぞ。準備はいいか？」

「いつでもいけます！」

「了解。――スチームエクスプロージョン！」

こうして俺は、王宮破壊活動を再開した。

被害額がいくらになるのか想像もつかないが……不可抗力だよな？

第四章

The Invincible Sage in the second world.

04

「退避しろ！　早く逃げるんだ！」

「逃げるって言っても、一体どこに……」

「悪魔だ！　悪魔だあああぁぁ！」

俺《おれ》が王宮奪還作戦を初めて数時間後。

王宮内は、すでに地獄の様相を呈していた。

「悪魔……どっちのことだろうな」

「向こうのことでしょう。他国に軍人を送り込んで国王を人質に取り、国を乗っ取る……まさしく悪魔の所業です」

「だよな。……スチームエクスプロージョン」

俺は魔法を唱え、まだ敵の残っている区画をまとめて吹き飛ばす。

この『スチームエクスプロージョン』は魔力消費が大きいと見せかけて、実はとてもコスパのいい魔法だ。

狙《ねら》う場所を間違えなければ一撃で数10人は倒せるし、避けられることもない。

魔力消費は『ファイア・ボム』10発分にも満たないので、費用対効果を考えると決して高い魔法ではないのだ。

もっとも『ファイア・アロー』一撃で倒せるなら、それが一番安いことは安いのだが。

「マジックサーチ」

効率のいい制圧には、敵の配置を把握することが重要となる。

索敵魔法を使うと、俺は一箇所に敵が密集していることに気がついた。

他の場所では見られなかった動きだ。

敵は基本的に『スチームエクスプロージョン』を避けて、散らばる傾向にある。

そうすると挟み撃ちなどを受けにくくなるため、通常魔法での制圧は逆にやりやすくなるのだが、スチームでまとめて吹き飛ばされるよりはマシなので仕方なく散らばっている……といった感じだろう。

にもかかわらず集まったということは、敵にもまとめてやられないための策があるのだろうな。


などと考えつつも、俺はその方向へと向かって歩きはじめた。

敵が何かを企《たくら》んでいるのなら、潰《つぶ》すのは早いほうがいいからな。

◇

「なるほど、そうきたか」

敵が集まっている場所は、大広間だった。

恐らく、元々はパーティーか何かに使われていた部屋だろう。

大広間の入り口付近は、厳重に防護されている。

結界だけでは不足だと見たのか、瓦礫《がれき》や机などを使って簡易的なバリケードまで張り巡らされている始末だ。

もちろん、『スチームエクスプロージョン』が結界魔法やバリケード程度で防げるわけがない。

その程度の威力の魔法が相手なら、ゲオルギス枢機卿《すうききょう》軍だってもう少しは善戦できたはずだ。

だがバリケードによって阻《はば》まれれば、威力は減衰する。

中途半端《ちゅうとはんぱ》な広さの部屋ならそれでも十分な威力だが、これだけの広さの大広間ともなると……爆風が敵に届く頃には、ほとんど威力は失われていると言っていいだろう。

かといって、他の魔法でちまちま壊すのもそれはそれで消耗戦だな。

敵の人数を考えれば、壊した端から結界が補充される可能性も高い。

この後にも多くの敵を倒さなければならないことを考えると、あまりとりたい選択肢ではない。

「普通なら、壁ごと壊すところなんだが……」

部屋の入り口を固められたら壁を壊し、新たに『入り口』を作る。

これは基本戦術と言ってもいいくらい便利な戦術だが……この部屋に限っては、あまり使いたい手ではない。

というのも……壊れ方によっては、下手《へた》をすれば建物全体の倒壊につながるからだ。

大広間という構造は柱が少ないため、ただでさえ倒壊などに弱い。

昔は『地震が起きたらトイレに逃げ込め。柱が多いから潰れにくい』などと言われていたが、それと正反対の構造というわけだ。

そんな場所で壁に強力な魔法を打ち込めば、倒壊の危険は十分にある。

王宮とはいっても、日本の建物のように構造計算やら安全率やらを考えて作られているわけではないし、弱い場所を破壊する気にはなれない。

というか日本の建物だって、内部を大魔法で爆破《ばくは》されることを想定して作られてはいないだろう。一歩間違えれば爆破解体そのものだ。

というわけで……適当に壊しながら戦っているように見えても、自分が倒壊に巻き込まれないように考える必要はあるというわけだ。

そういう意味では、大広間はなかなか攻めにくい。

「マジックシールド」

少し考えて俺は、柱を保護することに決めた。

もちろん防ぎきれるわけではないが、柱へのダメージを軽減できれば十分だ。

王宮を倒壊させることなく、バリケードと扉を吹き飛ばせる。

「スチームエクスプロージョン」

とはいえ、これも敵は想定済みだろう。

むしろバリケードは俺にこの魔法を撃たせるために作られた可能性が高い。

敵も恐らく『スチームエクスプロージョン』が連発に時間のかかる魔法だということは理解している。

正確な再発動時間を悟られないよう、わざと使えるようになってから少し時間が経《た》ったあとで魔法を使うようにはしているが、本来より速く連発することはできない。

そのくらいのことは流石《さすが》にバレているだろう。

だからこそ、この魔法を一度打たせるために大量の魔力を使い、他の魔法では壊せないような障壁を作ったというわけだ。


今からしばらくの間、『スチームエクスプロージョン』は飛んでこない。

敵はそのタイミングなら勝ち目があると読んだのだろう。


実際のところ、その読みはそこそこ正しい。

これだけ広い部屋が相手となると、『スチームエクスプロージョン』以外の魔法では敵を全滅させるのに時間がかかる。

反撃を受ける機会も増えるし、魔力消費もかさむ。


あせって攻撃を仕掛けたとしても、もう一度『スチームエクスプロージョン』を使えるようになるのを待つのと大して変わらないほどの時間がかかるだろう。

だから俺は、再使用の時間を待ってから『スチームエクスプロージョン』で勝負を決めるのが、基本的な戦略となる。

なんだか一つの魔法にばかり頼りすぎでワンパターンのようにも見えるが、それは相手に手の内を晒《さら》さないということでもある。

強力で広範囲な攻撃魔法は、来るのが分かっていても対策が取りにくい。

そんな魔法を一つ晒すだけで敵の行動を縛れるというのは、見た目より大きいメリットだ。

実際のところ、今回の戦いで『スチームエクスプロージョン』によって倒した敵は、全体の3割程度に過ぎない。

残りの敵はほとんど、『スチームエクスプロージョン』を警戒しすぎたせいで、地味で小規模な魔法やサチリスの矢に射抜かれていった。

そして今回も敵は、俺の手札のうちたった1つでしかないこの魔法を封じるために大量の魔力をつぎ込んだというわけだ。

問題は、敵がそうまでして作った機会をどう活《い》かすかということだが……。

この大広間から出て、俺と真正面から戦いを挑む覚悟が、敵にあるのか。

無いなら無いで、それなら俺はただここで60秒間暇《ひま》を潰すだけなので、何の問題もないのだが。

「敵が距離を詰めてきます！」


大広間を見ながら、サチリスがそう告げた。

敵が待ち伏せ作戦をとってくれれば楽だったのだが、そううまくもいかないようだ。

俺が攻め込んでこないのを見て、『スチームエクスプロージョン』再発動までの時間を待っているのに気付いたのだろう。

そうなれば勝ち目がないと踏んで、先に仕掛けてきたというわけか。

実際のところ、この戦術が成功すれば俺には勝てる可能性はある。

人数差はやはり正義だからな。

もちろん、敵の勝ち筋を潰すのは戦闘の基本だが。


「マジックシールド」

俺は敵の反撃を食い止めるべく、牽制《けんせい》の魔法を放った。

ただし狙ったのは部屋の出口ではなく、そのはるか手前だ。

敵はやろうと思えば、開いた扉を素通りして大広間の外に出ることができる……というか部屋を出るまで、結界の存在にすら気付かないだろう。


一見無意味に見える結界の位置だが、これは死刑宣告だ。

この位置だと敵は、結界を壊すために自分の姿を晒す必要がある。

結界は敵の魔法を通さないが俺の魔法は通るため、敵は俺の魔法を受けながら結界を壊し、さらに俺に攻撃を届かせる必要があるわけだ。


これがもし大広間の出口をふさぐように張られた結界なら、俺の攻撃を受けない位置からでも壊せる。

あえて出口をふさがないほうが、出口の守りは固くなるのだ。


「突撃！　俺に続け！」

それを知ってか知らずか、敵は集団で一気に攻めに出てきた。

バラバタという足音が、出口へと近付いてくる。

「何人殺されようが止まるな！　奴《やつ》を倒さない限り、生還の道はない！」

たとえ俺が『スチームエクスプロージョン』を使えなくても、魔法の射程に入れば魔法が飛んでくることになる。

狭い出入り口に移動経路が限られる以上、回避も難しい。ほとんど自殺行為と言っていいくらいだ。

そのことは敵もよく理解しているようだ。

だが、それでも俺に時間を与え、『スチームエクスプロージョン』を打たれるのに比べれば、まだ生き残れる可能性がある。

そう判断しての突撃だろう。

「自殺行為に見えますが……これは……」

「ああ。恐らく敵にとっては最善手だ。かなり訓練されてるな」

生存率0％に比べれば、10％のほうがずっとマシだ。

頭ではそう理解していても、実際に体が動くかは話が別だ。

いくら唯一の勝ち筋とはいえ、これだけ死につながる可能性の高い状況というのはなかなかない。

そこに躊躇《ちゅうちょ》なく突っ込めるというのは、練度の高さの証《あかし》だ。

「敵を視認！　報告通り、エルドと弓使いの女です！」

「前方に結界魔法を確認！　魔法能力の差を考えると破壊は不可能かと！」

「結界の側方を迂回《うかい》しろ！　敵の読み通りで構わん！　俺たちの剣が、先に敵に届けば勝ちだ！」

もし軍人だとしたら、恐らく特殊部隊か何かだな。

ゲオルギス枢機卿軍の精鋭でも、ここまでの気迫は感じなかった。

剣が先に届けば勝ちだ……というのは賢者の防御魔法『マジック・ヴェール』を少し甘く見すぎのようにも思うが、余計なことを考えるよりはずっといい。

あとは剣の届いた奴が俺の守りを貫けるかどうか……という実に運任せの、だが運さえよければ勝てる可能性のある戦術だ。

殺すのが惜しいくらいの練度だが、残念ながら彼らにはここで死んでもらうことになる。

たとえ生け捕りにしたとしても、裏切ってくれるとは思えないしな。

「フレイム・サークル！」

俺は結界の側方をふさぐように、炎魔法を発動した。

敵の行く手に、爆炎が立ち上る。

「炎魔法⁉」

「構わん！　踏み越えろ！」

「放水魔法いきます！」

敵は放水魔法で体を濡《ぬ》らしながら、結界の途切れる場所を目指して走り抜けようとする。

水で濡らした程度で『フレイム・サークル』は無効化できないはずだが……あとは気合でカバーといったところか。

正直なところ、メイギス伯爵軍にもこのくらい練度のある兵士がいてくれたらいいな……という感想はある。

だがメイギス伯爵軍が本当に目指すべきなのは、決死の作戦を全力で遂行できる兵士を育成することではなく、そもそも決死の作戦など実行せずとも当たり前に勝てるだけの準備を、戦いの前から整えておくことだ。

まさに、今の戦いのように。

「……え？」

驚きの声を上げながら、敵兵が前につんのめった。

『フレイム・サークル』の中に仕込まれた『スティッキー・ボム』を踏んだのだ。

炎魔法で視界を奪い、スティッキー・ボムで足止めする。

極《きわ》めて古典的な戦術だが、状況をうまく作ることによって、こうも綺麗《きれい》にハマる。

実のところ……敵にはもっとマシな戦略があった。

それは正面にある結界を叩《たた》き壊《こわ》すことだ。

全員で攻撃を仕掛ければ、あの結界は簡単に壊せる。

確かに俺が全力で結界魔法を展開すれば、彼らを全滅させるまでもたせることはできるだろう。

だがそれは、俺の敗北に直結する選択肢だ。

いくら賢者であろうとも魔力は有限だし、訓練された軍人が大勢で攻撃するのを受け止めるとなれば、相応の魔力を消費する。

相手が俺に対して優位な点があるとしたら、それは『数』だ。

100人の敵が1%ずつ俺の魔力を削ることで、101人目からの敵は魔力切れの俺と戦うことができる。

それが1対1なら魔力切れでも戦いようがあるが、範囲攻撃の効く魔法なしで10人をまとめて相手するのは無理がある。

町中にいるメイギス伯爵軍を援軍として送ってもらえば少しはマシな戦いができるが、それだと町中に敵が潜んでいた時に対処のしようがない。

敵が俺を殺すことではなく、魔力を削ることを重視して戦いを挑んできたら、俺は王宮の奪還をあきらめ、国王救出だけに専念するつもりだった。

とはいえ……そうなる可能性は低いし、そうならないように戦っていたのだが。

もし強力な魔法を使える相手が小規模魔法ばかり使って戦ってくるようなら、魔力切れを警戒していることに気付く者は多いだろう。

だが景気よく大規模攻撃魔法を連発する相手が、実は魔力切れにおびえているなどと誰《だれ》が思うだろうか。

普通は思わないだろう。

もし可能性としては考えたとしても、目の前にもっと勝算のありそうな方法——俺を直接殺すという解決策があれば、普通はそっちを選ぶはずだ。

俺がここに来る前から、もう俺の作戦——敵に俺の魔法を過剰評価させ、正面衝突を避けるように仕向ける策は始まっていたのだ。

「罠《わな》です！　地面に粘着魔法が！」

「くっ……スティッキー・ボムか！　前の奴を足場にしろ！　いくら化け物といえども、俺たちの背中にまでは魔法を展開できまい！」

「了解！　俺を踏んでいけえええええぇぇ！」

……これではどちらが悪役か分からないな。

自分を犠牲にして仲間を先に行かせ、勝利への道を切り開く……。

物語ならそれは勝利につながる展開なのだろうが、残念ながら今回はそうではない。

当然のように勝てる準備を整え、当然のように勝つ。

今必要なのはそれだけだ。

「ファイア・ボム。……フレイム・サークル」

何の意外性もない、ただの攻撃魔法だ。

だが『フレイム・サークル』によって火傷《やけど》を負い、数も減らされた敵にとどめをさすには十分な魔法でもある。

勇敢にも俺の元へと向かおうとしていた敵は、次々と倒れていくのだが……。

「14番、行動不能です！」

「17番……行動、不能……」

倒れる時にさえ彼らは、他の兵士に報告をしているようだ。

確かに視界が悪く、他の味方の様子を見る余裕もないような状況では、こうして状況を報告するのは自然かもしれない。

しかし行動不能……実質的には自分の死まで、こうも冷静に報告されるとなると……流石に不気味だな。

「ファイア・アロー」

などと考えつつ俺は、まだ戦えそうな敵の最後の一人——大広間の出入り口付近で指示を出していた男に向かって魔法を放った。

フレイム・サークルなどによって行動範囲を狭《せば》められた今、この距離では絶対に避けられない魔法だ。

兵士はそれを知ってか知らずか、俺の魔法を避けようともせず、後方に向かって叫ぶ。

「行動不能者が規定値に達した！　コード6！　プランBを発動しろ！」

男は苦痛の声を上げるでもなく、大広間に向かってそう叫んだ。

生きたまま炎に焼かれる痛みは想像を絶するもののはずだが……その痛みにも無反応で最後の指示を出すのか。

もしかしたら、練度が高い兵士とかは勘違いだったかもしれない。

これは洗脳かなにかだ。
『絶望の箱庭』と組んだ帝国がやることとしては違和感がないが、流石にこういう兵士が欲しいとは思わないな……。

「プランB了解！」

大広間の内側から、そんな声が返ってきた。
そろそろ『スチームエクスプロージョン』が再使用可能になる頃だし、余計なことをされるまえに終わらせてしまうべきだろうか。

この状況で敵が使う作戦といえば、真っ先に思い浮かぶのは人質作戦だ。
もしそうだった場合、大規模攻撃魔法では中の人質も巻き込んでしまうことになるが……国王は『王宮内にはもう敵しかいない』と言っていた。
ということは、吹き飛ばしてしまっても大丈夫なのではないだろうか。

などと思案しつつ俺は、大広間全体の敵を『スチームエクスプロージョン』一撃で潰せるような位置へと動こうとする。

その途中で、大広間の中から声が聞こえた。

「王妹殿下は我々が確保した！　交渉を求める！」

「ふむ……やはりきたか」

どうやら予想は当たっていたようだな。

うーん。

確かに国王は『王宮内にはもう敵しかいない』と言っていたが、それが正解だとは限らないんだよな。

国王が人質について伝えられていたかは定かではないし、下手をすれば人質について知った上で『全滅させてかまわない』と宣言した可能性もある。

もし俺が人質のために手を緩《ゆる》め、王宮の奪還や国王の救出に失敗するようなことがあれば、状況は大きく悪化する。

そうなるくらいなら、誰が人質に取られていようと関係なく全滅させてもらったほうが、国王にとってもいいはずだ。

無理にでも助ける価値のあるような人物が人質にとられているとしたら、国王もそう俺に伝えたはずだし。

……というわけで、俺としてはこのまま『スチームエクスプロージョン』を撃ってもいいのだが、別に今すぐ撃つ必要があるわけでもないんだよな。

敵が怪しい動きをしはじめてから撃っても、十分間に合うし。

向こうの出す条件について、聞くだけは聞いてみるか。

「サチリス、敵が怪しい行動を取ったらすぐに教えてくれ。……人質が出てきた時には、事前の打ち合わせの通りに頼む」

「はい」

敵が人質作戦を使ってくる可能性は、もちろん事前に想定し、対応策も考えていた。

というか、国王相手の交渉自体がそうなる可能性もあったのだ。

国王の機転によって、あの時には使う必要がなくなった策だが……今は使えそうだな。

そう考えつつ俺は、大広間の入り口に結界を張る。

これで敵からの不意打ちは防げるだろう。

「交渉の前に言っておく。結界を攻撃すれば敵対行動とみなす。誰かが逃げようとしても敵対行動とみなす。怪しい動きはするな」

「……分かった」

俺の警告に、少し間をおいて返答がきた。

もちろんこれは単なる脅しではなく、変な動きがあればすぐにでも部屋の中の人間を人質ごと全滅させるつもりだ。

「では交渉の内容を聞こう。代表者と姫を出してくれ」

「それでは人質を力ずくで奪還される可能性がある。代表者だけにさせてほしい」

「ダメだ。場所は大広間の中で構わない。人質の姿くらいは確認しなければ交渉などできないだろう」

返答はない。どうやら対応を相談しているようだ。

そのまま30秒ほどが経過したところで、俺は口を開いた。

「では交渉は打ち切りとする。スチーム……」

「わ、分かった！　いま出す！」

慌てたような声が返ってきた。

まさかいきなり攻撃魔法を放り込むほど、俺が人質を軽視しているとは思わなかったのだろう。

「20秒以内に出てこい。代表者と姫……監視役くらいはついていてもいいが、合計4人以内だ」

「あ、ああ。今行く」


返事とともに、大広間の中から足音が聞こえた。

そして俺たちから見える場所へと、３人の男と縄で縛られた女性——恐らくは姫——が出てくる。

男は１人が交渉の代表者、残り２人が姫の監視役のようだ。


「ふむ……姫は本物のようだな」


姫の姿を見て、俺はそう呟《つぶや》いた。

もちろん本物かどうかなど分かってはいない。

そもそも国王に妹がいるのかどうかすら、俺は知らないのだから。

とはいえ敵もまさか、王妹殿下の顔すら知らない奴が王宮を奪還しに来るなどとは思っていないだろう。

偽物《にせもの》だとしても似せてはあるはずだし、とりあえずは信じているふりでもしておこう。

少しは相手を油断させられるかもしれないし。

などと考えていると、姫が動きを見せた。

「私のことは見捨てて……きゃぁっ！」

自分を見捨てるよう主張しようとして、監視の男に殴られたのだ。
姫は痛みにうずくまろうとするが、監視の男に無理やり引き起こされる。

「大人しくしていろ！」

人質の扱いは、あまり丁寧とはいえないようだな。
姫は自分を見捨てろと主張しているようだが、助けられるならそれはそれでメリットもある。

「条件を聞こうか」

「俺たちを無傷で王宮から解放してほしい。武器は置いていく」

ふむ。命乞《ご》いか。

確かに『王宮をこのまま去れ』とかに比べれば現実的な提案だが……決死の覚悟で突っ込んできた奴らの『プランB』にしては、いささか不自然だな。

そもそも……たとえ王宮から生きて脱出したところで、彼らが生きて帰れる確率は決して高くない。

彼らが帝国兵であるとしたら、生還のためには追手を振り切り、国境までたどり着く必要があるのだ。

帝国が王宮占領への関与を認めたくないとしたら、そのまま国に見捨てられる可能性すらあるだろう。

いや、むしろその可能性が高い。

先程俺に攻撃を仕掛けてきた兵士たちの様子からして、帝国が兵士の命を重んじるとは思えないからな。

「その要求を受け入れるとすれば、王宮を出てすぐに人質は解放してもらうことになる。……その後、お前たちはどうするつもりだ？　俺たちが追撃をしないとは限らないわけだが」

「バラバラに逃げる。追手の数が有限なら、運がいい奴は生き残れるだろう」

ふむ。一応は考えているようだな。

確かに今は国王が指示を出せる状況でもないし、伯爵軍が追手を出すにしろ人数が少なすぎる。

俺が大規模魔法を使えないよう、一般人に紛《まぎ》れるようにして逃げるなどすれば、何割かは生き残れてもおかしくない。

そして俺たちにとって、こいつらを逃がした場合のデメリットは……情報の流出か。

王宮を俺とサチリスの二人だけで奪還したという情報は、できれば伏せておきたいものだ。

こいつらが口で主張した程度で信じてもらえるかは微妙なところだが、記録用の魔道具などを持ち込まれていると厄介だな。

持ち物検査かなにかを条件にすれば、それは防げるかもしれないが。

「サチリス、この交渉についてどう思う?」

「提案を受け入れるべきかと」
俺の問いにサチリスは、そう即答した。
張り詰めていた敵の表情が、少しだけ安堵《あんど》したようなものになる。

「そうか」

俺はそう答えて、大広間の出入り口へと歩み寄る。
そしてちょうどいい位置まできたところで、一言呟いた。

「スチームエクスプロージョン」

魔法の発動とともに、大広間は真《ま》っ赤《か》に染まった。
俺が張った結界は一瞬で破れ、ここまで爆風が吹き荒れる。

「マジックサーチ」

俺は魔法を発動し、周囲の魔力反応を探る。

『マジックサーチ』の効果範囲なら、王宮全域の魔力反応くらいは探れる。目の前の大広間に誰か生き残っていないか調べることなど造作もない。

大広間の中の魔力反応は――ゼロ。

生還者がいないことを確認して、俺は口を開いた。

「……やはり偽物だったか」

「はい。本命は彼ら自身の生還ではなく、姫による暗殺でしょう」

サチリスにはこう伝えてあった。

もし人質が『サーチエネミー』に引っかからなければ、俺の質問には『分からない』と答えろと。

そして人質が『サーチエネミー』に引っかかれば、俺の質問に肯定で答えろと。

そしてサチリスは先程の俺の質問に、はっきり肯定で答えた。

つまり人質は敵——偽物だ。

自分を見捨てろなどと王族らしいことを言った『姫』自身が、俺を殺すための刺客だったというわけだ。

先程の突撃が失敗した以上、敵が正面から俺と戦って戦える可能性は低い。

俺に警戒された状態では、まず勝てないと言っていい。

だが俺を殺すのが、助けられた姫であれば話は別だ。

俺が姫を守るように戦っている最中に、背後から姫が俺を殺しにかかれば、その刃が届く可能性は十分にある。

敵と戦いながら、縄で縛られた姫を警戒するのは難しいからな。

とはいえ、『サーチエネミー』の前でそんな工夫は無意味なのだが。

「本物が脅されてるパターンじゃなくてよかったな。それだと判断がつきにくい」

「はい。分かりやすく勝負がつけられました」

『サーチエネミー』の欠点は、対象が俺に敵意を抱いていなければ効果がないことだ。
誰かに脅されて仕方なく攻撃するといった場合、反応しない可能性もある。
だから反応しないからといって、100％信用できるわけではないのだ。
反応すれば敵だとすぐに分かるので、そっちのほうがやりやすい。

「さて、問題は本物の姫の居所だな」

「本物の姫が捕まっているのかどうか、国王に伺《うかが》いますか？」

「その必要はない。間違いなく捕まってるからな」

国王は先程の作戦会議で、妹が囚《とら》われているなどとは言っていなかった。
それどころか、王宮の中にいる者は全員敵だとさえ断言していた。
だが、恐らくあの姫は本物をもとに変身魔法で似せたものだろう。

国王が救出された後でもなければ、『国王の妹』などという中途半端な人質を使う必要はない。

そして国王が救出されているのなら『似ていない偽物』など一瞬で見破られるので、本人なしでの変装魔法に意味はない。

もし本物が捕まっているのなら、国王がそれを知らなかったわけではないだろう。

俺たちのもとに傀儡《かいらい》として国王を送り込む以上、彼を従わせるための手段の一つとして、妹を捕まえていることは伝えるはずだ。

知っていながら国王が告げなかった理由は一つ。

国王は妹を見捨てるつもりなのだ。

国王本人ならともかく、その妹くらいなら見捨てても『病死した』などという扱いにしてしまえば『敵に姫を殺された』ことにはならないし、大きな影響はないだろう。

もちろん俺たちにとって全くダメージがないというわけではないが、国王本人や王宮自体に比べれば、姫の重要度は一段も二段も落ちる。

国王に対して多少の貸しは作れるかもしれないが……そもそも本人を助ける時点で特大の貸

しがあるのだから、ちょっとくらいの上積みに大した意味はない。

ゲームでなら姫を救うことは至上命題とされるが、現実には優先順位というものがある。

現状における優先順位としては、まず第一に国王の命、2番目が王宮だ。

そして3番目は姫――ではなくメイギス伯爵で、その次はミーリアだな。

その後はサチリスなど、メイギス伯爵軍にとって戦略的価値の高い部隊員が続き、だいたい10番目くらいでようやく姫ということになるだろう。

姫の命のために、王宮奪還の成功を危険に晒すわけにはいかないし、部隊員を危険に晒すことすら割に合わないというわけだ。

感情からいっても、何の面識もない王妹殿下より部隊員の安全のほうが大事だしな。

だが……。

「よし、助けに行くか」

俺の言葉を聞いて、サチリスが少し驚いた顔をした。

「国王陛下は、姫様を見捨てても何も言わないと思いますが……」

サチリスも当然、国王があえて姫の話を伝えなかったことは理解しているだろう。

その認識は正しい。

もし俺がこの場におらず、遠くから指示を出している状況だったら、まず確実に姫を見捨てるよう指示するだろう。

だが、それは姫を助けにいくことが作戦につながったり、部隊員の危険につながったりするならの話である。

「だろうな。まあダメそうなら見捨てるが、多分なんとかなるだろ」

場数を積んだ人間なら、引き際の判断くらいはつく。

危険だと判断したら、その時は即座に撤退する。

たとえ優先順位が低くとも、その前提でなら助けにいけるわけだ。

「多分なんとかなる……ですか」

「ああ。救出は俺が単独でやるから、サチリスは自分の安全を最優先に動いてくれ。『風のささやき』が届く距離をキープしつつ、それが難しくなったら教えてくれればいい」

『風のささやき』はサチリスが持つ通信スキルの一つで、遠くに声を届けるものだ。

拡声魔法ほど遠くには届かないが、普通に話すのと違って対象者以外には聞こえないため、周囲に聞かれたくないような内容を伝えるには重宝する。

突入時の連絡用としては最適だろう。

「分かりました。しかし……人質がどこにいるのか分かるんですか？」

「それはこれから調べる」

人質の場所を探すにあたって、まずは目星を付ける必要があるが……まあ場所は限られるよな。

最有力候補は地下室だ。

占領したとはいっても王宮は王宮だ。多くの人が入ることになる。

普通の部屋に王妹殿下を閉じ込めておけばバレる可能性だってある。
餓死されても困るのでずっと口をふさいでおくわけにもいかないし、地球のように何も食べなくても命をつなげるような点滴はないだろうからな。
音が漏《も》れず、監禁がバレにくい場所となると、地下室は鉄板だろう。

「地下に敵は何人いる？」

「えっと……数えるのにちょっと時間がかかりますけど、大丈夫ですか？」

「ああ。ゆっくりでいいから、数え間違いのないように気をつけてくれ」

俺がそう告げると、サチリスは真剣に『サーチエネミー』にうつる敵の数を数え始めた。
そしてしばらく経って顔を上げ、俺に告げる。

「26人です」

「マジックサーチ。……こっちは27人だな」

敵味方関係なく人間を見つけ出す『マジックサーチ』と敵を見つけ出す『サーチエネミー』にうつる数が違う。

つまり、そこには『敵ではない人間』がいるというわけだ。それが姫である可能性は高いだろう。

「じゃあ、行こうか。さっき言ったとおり、サチリスは安全な場所からバックアップだ」

「はい！」

◇

「マジックサーチ。……ふむ、気付いたか」

それから少し後。

地下室に突入する前に俺は、途中での横槍を避けるために周囲の敵を潰して回っていたのだが……どうやら敵も俺の動きに気付いたようだ。

敵は地下の中でも一箇所――一人の魔力反応を中心として、円形の範囲に収まるように散らばっていた。

その円の大きさは――。

「……綺麗にスチームエクスプロージョンの加害半径って感じだな」

これで敵は、姫を見殺しにしない限り切り札を使えないというわけだ。

逆に言えば……敵に邪魔されることなく、それだけ近くまで行けるというわけだな。

距離というものは救出戦において最大の敵の一つなので、敵が陣形を縮めてくれるのには利点もあるのだ。

これで、中心にいるのは姫でほぼ確定だろう。

そう考えつつ俺は、サチリスが安全な位置にいることを確認し、敵が密集しているあたりへと近付いていく。

地形を考えると、敵に見つからずに一番近付けるルートは――。

「こっちだな」

俺は地下への階段を降り、無人の道を進んでいく。
そして姫がいると思《おぼ》しき場所に最も近い壁の反対側に来たところで、俺は魔法を唱えた。

「マジック・ブラスト」

――『マジック・ブラスト』。
範囲こそ狭いものの、比較的高威力な爆発《ばくはつ》魔法だ。
この厚さの壁を壊すくらいなら、これで十分だ。

壁を壊して姿を表した俺を見て……部屋の中に緊張感が走る。
予想通り部屋の真ん中には、鎖につながれた女性がいた。
顔が先程の偽物と同じなので、これが本物の王妹殿下だとみて間違いはないだろう。

「……まさか、私を助けに……！」

「助けるかどうかは……まだ分からない」

俺は王妹殿下の質問に、正直に答えた。
向こうが交渉を持ちかけてきたとしても、応じる気は一切《いっさい》ない。
力ずくで助けられるなら助けるし、そうでないなら姫が殺されることもあるだろう。

どうなるかはここからの戦い次第だ。

「動くな！　姫がどうなってもいいのか！」

「ふむ……できれば殺してはほしくないんだが、本物だとも限らないし難しいところだな。
……フレイム・サークル」

そう言って俺は、炎魔法を展開した。
敵にとっては姫は切り札だ。姫がいるから『スチームエクスプロージョン』でまとめて吹き飛ばされないと言ってもいい。

それを分かっているからこそ敵も、簡単には姫を殺せない。

そう読んでの攻撃だ。

流石に敵を全滅させるほどの攻撃を仕掛けたらどうなるかは分からないが、多少攻撃するぶんには敵も手を出せないだろう。

とは言っても、今の『フレイム・サークル』は視界を遮《さえぎ》りつつ、一人も敵を巻き込まないように位置を調整しているのだが。

「ま、待て！　交渉を……」

「弱い奴とは交渉する気が起きないな。せめて戦えるところくらいは見せてくれ。……生き残れたら交渉してやるよ」

もちろん俺は戦闘狂などではない。交渉に相手の実力など関係ない。

だが、相手はそのことを知らないだろう。

俺と交渉するには、俺の攻撃から生き残る必要がある——そう思わせれば、すぐに姫を殺されるのは回避できるというわけだ。

「パワー・オーブ。パワー・オーブ。パワー・オーブ」

俺は炎魔法越しに、次々と魔法をばらまく。

今使っている『パワー・オーブ』は、空中に直径60センチほどの黒い玉を出現させて飛ばす魔法だ。

鈍器で押し潰すような力の特性を持つため、鎧《よろい》を着ているような相手には効果が高いと言われるが——弾速があまり速くない割に爆発もしないので当てるのが難しく、あまり使いどころのない魔法だ。

相手もこの魔法なら、頑張れば避けられる。

だから頑張って避ける。

今のところ、俺の魔法は1発も当たっていない。

敵もそろそろ、この黒い弾に目が慣れてきた頃だろう。

これが飛んでくれば、無意識のうちに体が動くようになっているはず。もはや弾を1発1発観察などせず、俺が別の動きを起こさないかどうかに気を配っているはずだ。

そんなタイミングを見計らって、俺は勝負を仕掛けた。

「パワー・オーブ」

まずは先程までと同じように、黒い弾の攻撃魔法を発動する。

そして次の瞬間、俺は収納魔法から取り出した黒いパーカーをかぶり、無詠唱で1つの魔法を発動した。

――マジック・ウィング。

飛行系の移動魔法だ。

『フレイム・サークル』が視界をふさいでいたおかげで、敵には俺がパーカーをかぶったところが見えていない。

敵からは俺の姿が一瞬だけ『パワー・オーブ』に見えることだろう。

その隙《すき》があれば十分だ。

自分の『フレイム・サークル』を『マジック・ヴェール』で防ぎ、パワー・オーブに紛れ込んで姫のすぐ近くにたどり着いた俺は、姫のそばについていた男を杖《つえ》で殴りつける。

「よっと」

護衛の男が怯《ひる》んだ隙に、俺は姫を抱きかかえるようにして持ち上げる。

「きゃっ！」

姫が驚いたような声を上げるが、かまっている暇はない。ここは敵の方位のど真ん中なのだ。
俺はすぐさま収納魔法から取り出したハンマーで、姫を縛り付けていた鎖を叩き割り——。

「マジック・ウィング」

そのまま反対側へすり抜けるようにして敵の包囲網を抜けた。
ずいぶんと平和的な救出に成功したものだ。

「姫様、伏せてくれ」

そう言って俺は王妹殿下を地面に伏せさせ、結界魔法を展開する。

耐爆防御の姿勢にしか見せないその様子を見て、敵はこれから何が起こるか悟ったようだ。

「ま、待ってく……」

敵は怯《おび》えた顔で命乞いをしようとするが、それが無意味であることは敵自身が一番よく分かっているはずだ。

「スチームエクスプロージョン」

爆発が起こった。

◇

敵が全滅したのを確認してから俺は、先程の姿勢で地面に伏せたままの姫に声をかけた。

「無事でよかった。……立てるか？」

「申し訳ありません、腰が抜けてしまって……」

「分かった」

そう言って俺は、姫の手を摑《つか》んで引き起こす。

「あの、あなたは……？」

「冒険者のエルドだ。国王は先に救出したから心配しなくていい」

「エルド様……ありがとうございます。このご恩は一生忘れません！　平和になった後、ぜひお礼を……」

「悪いが今回の件は非公式になるかもしれない。しばらくの間、ここであったことは忘れておいてくれ」

そう言って俺は、姫の様子を観察する。

監禁中はろくに物を食べていなかったのか、痩《や》せているように見えるが……特に深刻な問題はなさそうだな。

長い間人質として使う可能性もあったということで、割と丁重に扱われていたようだ。

とはいえ監禁は監禁なので、無理をしているかもしれないが。

「飲んでおいてくれ。伯爵領で作った治癒薬だ」

「はい」

俺が渡した薬を、姫は匂《にお》いも確かめずに飲み……顔をしかめた。

この治癒薬、まずいんだよな……。

しかし、薬を全く確かめずに飲むとは、随分と信用されているようだ。

王族として、先に毒味をさせるよう教育を受けているだろうに。

まあ、あの魔法を見た後では逆らう気も起きないのかもしれないが。

「じゃあ、行こうか。安全なところまで案内する」

「は、はい！」

◇

「メイギス伯爵軍のサチリスだ。後の案内は彼女が担当する」

「お、お願いします！　でも、エルド様はどうなされるのですか……？」

「俺は王宮に残ったゴミを掃除しなきゃならないから、後で合流することになる。巻き込まれると危ないから、早く脱出しておいてほしい」

「ゴミ掃除って……普通のゴミ掃除じゃありませんよね？」

この状況で、言葉通りの『ゴミ掃除』をするような奴はいないだろう。

確かに散らかってはいるかもしれないが、流石にそんな場合ではない。

「もちろんだ。さっきやってたのと似たような感じだな」

「さっきの……気をつけて下さい。あなたに怪我《けが》をしてほしくありません」

「……安心してくれ。そんなに強い奴はいないからな」

まあ、正確には一人だけいるのだが、わざわざ言うこともないだろう。

姫様には安心して避難して、安全な場所から王宮からの爆発音を楽しんでもらいたいものだ。

第五章

姫を助けてから1時間ほど後。

俺《おれ》は王宮のうち9割近くの区画を制圧し、周囲の様子を探っていた。

「国王が言ってた強い奴《やつ》ってのは、まだ見つからないみたいだな」

「はい。『スチームエクスプロージョン』の巻き添えとかで死んでくれているとありがたいのですが、あまり期待はできないと思います」

「巻き添えはほぼないだろうな。俺があの魔法を連発する可能性が高いのは、向こうも分かってたはずだ。奇襲一発でやられる場所に主力は置かないだろうよ」

俺の予想では、敵は王宮の中心付近にあるひときわ高い塔だ。

なぜならそこが一番、俺にとって戦いにくい場所だからだ。

あの塔は他の場所ほど頑丈にできていないため、恐らく『スチームエクスプロージョン』のような高威力魔法を撃てば一発で倒壊する。

安全な位置から倒壊を狙《ねら》えるならいいのだが、残念ながら射程の関係で、俺自身も巻き込まれることになるだろう。

実質的に切り札である『スチームエクスプロージョン』を使えない状態で戦う羽目になるわけだ。


敵が俺について少しでも対策を取ろうとするのなら、真っ先に対策するのは『スチームエクスプロージョン』だろう。

賢者の強みは決して『スチームエクスプロージョン』だけではないのだが、敵からすればこの魔法が一番目立つからな。


そしてこれは、俺が狙った状況でもある。

あらかじめ切り札を相手に知らせておくことによって、相手の行動が絞りやすくなるというメリットがあるのだ。

俺が9割以上の区画を制圧しても強敵と出会わなかったのは、決して偶然ではない。
敵がそこから動けないのを知っていて、敵の切り札がいなさそうな場所から順番に潰《つぶ》した結果、今まで強敵と出会わずに済んだのだ。
強い奴と戦っている時に横槍を入れられるのは避けたいからな。潰せる相手は先に潰してしまおうというわけだ。

そんな中、仲間と通信していたサチリスが声をあげた。

「国王陛下の回収に成功しました！　無事だそうです！」

国王を置いてきた部屋の周囲もすでに制圧済みのため、今はミーリアに救助を依頼していたのだが……どうやら国王も無事だったようだ。
これであとは、王宮に残った敵を一掃するだけだ。

「よし、サチリスは退避してくれ。これだけ敵が減れば、普通に地上から脱出できる」

「了解です。……ご武運を！」

そう言ってサチリスは、地上への道を戻っていった。

ここからは残った奴を倒すだけの単純な戦いだが、相手が強ければ強いほど、周囲が巻き込まれる可能性は高いからな。

◇

「……お前だな。国王が言ってた強い奴ってのは」

塔の最上階にたどり着いた俺は、そう呟《つぶや》いた。

他の奴と格が違うのは、一目で分かる。

目が違う。襲撃に怯《おび》える目ではなく、挑戦者を待つ者の目だ。

できれば不意打ちを仕掛けたかったのだが……顔を出すと同時に目があってしまったので、奇襲もあきらめた。

戦闘スタイルの分からない強者を相手に先制攻撃を仕掛けるのは、手痛いカウンターを食らう結果になりかねないからな。

「ふむ。国王が何と言っていたのかは知らないが、一番強いということならこの私、毒蛇のリアン以外ありえないな。……もっともそれは仲間内での話で、恐らく君のほうが強いと思うが」

「じゃあ、あきらめて投降するか？　場合によっては、命くらいは助けてもらえるかもしれないぞ」

そう告げながら俺は、相手の装備を観察する。

武器は小型のハンマーか。職業は『鈍器使い』あたりだろうな。

地味な職業に見えるが……使い方次第では化ける職業だ。

「それは魅力的な提案だが……投降するつもりはないよ。君さえ殺せば私一人でも王宮を奪い返せる可能性は高いし、まだ負けたつもりはないからね」

「俺のほうが強いって言ってなかったか？」

「言ったな。だが勘違いしないでほしい。君のほうが強いと言っただけで、決して勝てないとは言っていない。……むしろ自分より強い相手に勝ってきたからこそ、私は今ここにいる。君もそうではないか？」

仲間の9割を失ってもなお、あきらめるつもりはないか。

予想はついていた。俺が王宮内部の制圧を進める間、こいつが全く動こうとしなかったのがその証拠だ。

俺に勝てる戦場がここ以外にないと見越した上で、勝機を待ち続けたというわけだ。

「俺が来なかったらどうするつもりだったんだ？　もう国王は取り返したんだから、兵糧《ひょうろう》攻めという手段もあったんだぞ？」

「来ると読んでいただけのことだ。そして予想通り、今君は目の前にいる。……私が君の立場だったとしても、同じ選択をするからな」

ふむ。こちらの事情も気付かれているようだな。

こいつが言う通り、俺には引く選択肢がない。

王宮の奪還を完全なものにできるかどうかで、この後の展開が大きく変わってくるからだ。


俺たちは確かに国王の奪還に成功したが、問題はその国王の影響力だ。

この国において、国王という立場は決して盤石《ばんじゃく》なものではない。

ゲオルギス枢機卿《すうききょう》が勢力を拡大するのを止められなかったのが、その証拠だろう。


そんな国王が王宮を奪われた上、傀儡《かいらい》にされていたと分かったらどうなるか。

まず間違いなく、国王は権力を失うことだろう。

その後の国王が誰《だれ》になるかは分からないが、俺たちにとって喜ばしい状況になる確率は極《きわ》めて低い。


だが王宮を完全に奪還できれば話は別だ。

敵が一人も生き残っていなければ、国王が傀儡にされていたという事実自体を隠蔽《いんぺい》することができる。


すでに王宮内で激しい戦いが起こっていることには誰もが気付いているだろうし、王宮内に敵の侵入を許したことに関しても、敵が強かったということにすればなんとか言い訳が立つだろう。

王宮を派手に壊したのが俺たちかどうかなど、黙っていれば分からないのだから。

名付けて『死人に口なし作戦』だ。


この作戦のために、俺は敵を全滅させなければならない。

だからこそ俺はここに来たというわけだ。


「なるほど、俺が来ることを予想してたのは分かった。……だが、戦いの結果まで予想通りになると思うか？」

「1対1では無理だろう。だから私は数に頼る」


そんな言葉とともに、敵が窓を見る。

窓には、1本のロープが吊《つ》り下がっていた。

たるんでいたロープが、まるで人が引っ張ったかのようにピンと張り——俺はその様子を見るなり、地面に伏せた。

先程まで俺の頭があった場所を、1本の矢が通過していった。
ロープのほうを見ていたら、完全に死角になる軌道だ。

「スティッキー・ボム！」

俺は矢をかわすと同時に魔法を放つ。
それをステップでかわしながら、毒蛇のリアンが驚きの声をあげる。

「これをかわすか！」

「いい罠《わな》すぎて、逆に分かりやすいんだよ！」

今の罠のタイミングはなかなか上手《うま》い。
ロープに人がぶら下がったと思えば、誰だってそこに注目するだろう。
死角から仕掛け矢を放つためには絶好のタイミングだ。

だからこそ読みやすい。

ここでしっかりと待ち伏せをしてきたあたり、相手はかなり戦略というものをよく分かっている。

逆に言えば、『分かっている奴がやりそうなこと』の裏をかけばいいというわけだ。

相手の会話が俺を罠にはめるためのものであるのは、最初から分かっていた。

それでも俺があえて付き合ったのは、最初の罠によって相手のスタイルを推測するためだ。

仕掛ける罠一つでも、相手の思考の傾向についてのヒントになる。

ただでさえ『スチームエクスプロージョン』などの大技が使えない戦闘は読み合いなのだ。

こういった情報は、集められるだけ集めておきたい。

「スティッキー・ボム！」

俺はさらに魔法を放ちながら、今度は前へ1歩踏み込む。

すると、背後を矢が通り過ぎていった。

これも矢を見て避けたわけではない。ただの予測だ。

相手が近接職であり、俺は遠距離職であることを考えると、俺が自分から距離を詰めるということは考えにくい。

だから二段目の罠があるとしても、前に踏み込んだ場所は安全地帯――というわけなのだが、ここまで綺麗《きれい》に予想が当たるとはな。

この相手、かなり読みやすいぞ。


「まるで未来予知だな！」

呆《あき》れたような声を上げながら敵は俺の魔法を避け、まっすぐ突っ込んでくる。


小型ハンマーは対人戦に向いた武器だ。

基本的に防具は刃物や遠距離武器、魔法などを想定して作られている物が多いので、鈍器への対策はあまり重視されていない。

プレートメイルが歪《ゆが》めば関節の動きを圧迫するし、革や鎖でできた鎧《よろい》の上から骨を叩《たた》き折《お》ることも、鈍器なら可能だ。

特筆すべきスキルは、アンチカウンター――クリティカルカウンターを無効化するスキルを持っていることだ。

クリティカルの普及していないこの世界ではあまり使い道がないスキルだと思うが、あれは基本スキルなので習得自体はしているはずだ。

俺を研究してきたのだとすれば、あのスキルを使っていてもおかしくはないだろう。

となると、武器をぶつけ合うような近接戦闘はなかなか厳しい。

距離を取りながら戦いたいところだが――。


「スティッキー・ボム！」


俺の魔法が発動すると同時に、敵がわずかに走る方向を変えた。

スティッキー・ボムはたった数センチの差でかわされ、敵はスピードすらほぼ落としていない。


――速い。

移動系スキルなど持っていないにもかかわらず、数メートルの距離があっという間に詰まる。

敵がわざわざ攻撃力に劣る『小型の』ハンマーを使っているのはこういうことか。

武器が小さく軽いゆえに、動きをほとんど妨《さまた》げないのだ。

さらに片手で扱える武器だからこそ、攻撃の軌道が読みにくい。

威力の低さも、相手が人間――ハンマーで頭を殴れば死に、腕を殴れば骨が折れるような相手なら問題にならないだろう。


「スティッキー・ボム！」


俺が放った攻撃魔法は、まるで使う前から軌道を読まれているかのように回避された。

いや、実際に読まれているのだろう。

俺は俺で、敵の動きは読めている。今の避け方は全く予想通りだ。

読めているのに、当たらない。

スキルの発動速度などを読んだ上で、俺がどう行動しても、まるでＰＫ《プレイヤーキル》に特化したタイプのＢＢＯ《ブロークン・バランス・オンライン》プレイヤーを見ているような気分だ。

そして想定していた通りの軌道で、敵のハンマーが振るわれる。

俺はクリティカルカウンターを出すつもりで、その攻撃に杖《つえ》を合わせる。

だが――想定通り、クリティカルカウンターは発動しなかった。

やはり敵はアンチカウンターを使ってきているようだ。

賢者は魔法職だ。武器で殴り合うようにはできていない。

一方、鈍器使いは近接職――ステータスもスキルも何もかも、武器で殴り合うようにできている。

いくら敵の武器が小さなハンマーだとしても、その適性の差は変わらない。


「がっ……！」


ハンマーの威力を受け止めた瞬間に体が浮き上がり、杖を持った手が痺《しび》れる。

敵はわざと武器を下から上へと振るっていた。

重力を敵に回す以上、この向きだと威力は当然落ちる。
それでも上向きに振ってきたのは、俺の体を浮かせるためだ。

本命は、この後の2発目。
足が地面から浮いた状態では、回避は不可能だ。
重心付近を撃ち抜くように、敵のハンマーが振るわれる。

「マジック・ウィング！」

俺は飛行スキルを発動し、敵と距離をとる。
飛行スキルであれば、足がついていなくても移動は可能だ。

だが、この狭い空間では飛べるルートも限られている。
ここで戦うことになった時点で、俺が飛行魔法を使うことは予想していただろう。
着地場所には当然……。

「まあ、こうなるよな。マジック・ヴェール」

俺が飛んだ先には、ごく細い鋼糸《こうし》が張られていた。

鋼糸は何らかの液体によって濡《ぬ》れ、雫《しずく》がついている。


まあ、間違いなく毒だろうが。

『毒蛇のリアン』なんて名前がついているくらいだしな。

恐らく普段から、ハンマーによって敵の動きを制限し、毒罠で仕留めるような戦闘スタイルを得意としているのだろう。


毒というのは厄介だ。

物理的攻撃はいざとなれば『マジック・ヴェール』で防げるが、毒までは防げない。

ハンマー対策にもなるので一応使っておいたが、決して過信できるものではない。


傷口から入れなければ効果を発揮しないような毒ならいいのだが……触れただけで効果を発揮するような魔法毒を使われると、魔法による防御は難しいのだ。

流石《さすが》に即死はしないだろうが、対人戦に慣れた敵を前に動きが鈍るようなことがあれば、結局死ぬのは同じだろう。

だからこそ毒は、絶対に回避しなければならない。

「チッ、面倒な……」

俺が杖で鋼糸を切ると、毒蛇のリアンが忌々《いまいま》しげな声をあげた。
これで仕留められるという期待があったのだろう。
初めてこいつの予測を外せたな。

とはいえ、俺の魔法が当たらないことにも変わりはないのだが。
広範囲な魔法が使えないのは痛いな。
フレイムサークルくらいなら使えなくもないのだが、あれはあれで視界を狭《せば》めるので、対人戦のエキスパート相手には軽率に打てない魔法だし。

「それはこっちの台詞《せりふ》だ。至近距離からの魔法を簡単によけやがって」

とはいえ、こういう展開になることは、敵の武器を見た時点で予想がついていた。
だからこそ俺は最初から攻撃魔法ではなく『スティッキー・ボム』をばらまくような戦い方

に出たのだ。

『スティッキー・ボム』は、粘着質の液体を地面にばらまく魔法だ。

その効力は爆発《ばくはつ》した直後だけではなく、数時間も続く。

もし液体がある場所を踏めば足は地面に接着され、かなりの力がなければ引き剥がせなくなることだろう。


これで戦いが長引けば長引くほど、足場にできる場所は少なくなる。

移動が制限されるのは俺にとって有利だ。魔法を避けるのも距離を詰めるのも、足場がないと難しいからな。

一方俺の魔法は、この部屋のどこからでも相手のいる場所を狙える。


俺は先程の戦い方を繰り返すだけでいい。

ひたすらスティッキー・ボムをばらまき、距離を詰められたらマジック・ウィングで逃げる。

徐々に戦場は俺の有利になっていくが、敵は戦場を変えることもできない。

この塔を降りたが最後、毒蛇のリアンがどんな工夫をしようとも『スチームエクスプロージョン』の餌食《えじき》になるのは間違いないだろう。

そのことは当然、敵も分かっているはずだ。
敵は多少の無理をしてでも、俺の戦術を崩しに来るだろう。
俺はただ、その苦《くる》し紛《まぎ》れを潰せばいいだけだ。

だが、簡単に勝負をつけられる可能性がある方法に関しては、一度試しておくか。

「デッドリーペイン！」

俺はそう魔法を唱えたが、何も起きなかった。
効きさえすれば最強の対人魔法なのだが……やはり対策されているよな。
素直に少しずつ有利な状況を作っていくしかないようだ。

◇

「クソ、ちょこまか逃げやがって……！」

戦闘開始から10分ほど経《た》った頃。

すでに床のうち7割ほどは『スティッキー・ボム』で埋まり、敵の動きにも苦しさが見え始めていた。


だが、まだ油断はできない。

目が死んでいないのだ。

今も敵は、何かを狙っている。


それが何かは分からない。

まだ仕掛けてこないところをみると、もっと『スティッキー・ボム』が増え、俺が動きにくくなってから奥の手を使ってくるということだろうか。


これだけ地面が埋まってなお、敵は器用に俺の魔法をかわしてくる。

だが、それも今回で最後だ。


「マジック・ウィング！」

俺が飛行魔法で飛んだ先は、塔の隅——ほとんど『スティッキー・ボム』で埋まった場所だ。

元々俺は、ここを使って勝負をつけるつもりで重点的に『スティッキー・ボム』をばらまき、勝負を決める準備をしてきた。

ようやくその準備が整ったというわけだ。


それを知ってか知らずか、敵は今まで通りにまっすぐ俺のほうへと突っ込んでくる。

だが使えるスペースは、すでに極めて限られている。

そして、わずかに残ったスペースも、残しておく理由はない。


「スティッキー・ボム」


これでもう踏み込める場所はない。

反撃のリスクが小さいということは、視界の悪くなる範囲魔法が使えるということ。

攻撃は最大の防御などという言葉があるが、防御はまた最大の攻撃でもあるのだ。


「フレイム・サークル！」

俺は敵を巻き込みつつ、退路をふさぐように範囲攻撃魔法を発動した。

苦し紛れに回避を試みれば、足をとられることになる。そこに本命の魔法を打ち込むというわけだ。

そんな一手に対して、敵は——まっすぐ前に踏み込んできた。

毒蛇のリアンの右足が、『スティッキー・ボム』によって接着される。


さらにもう1歩、毒蛇のリアンは踏み込んだ。

両足が接着された。

そこまでしても、まだ俺には届かない。


攻撃魔法を打ち込みたくなるところだ。今なら避けられることもない。

だが、敵がこうまでして踏み込んできたということは、なにか考えがあるということだ。

そんな時に攻撃魔法を発動中では、対処に魔法が使えなくなる。

俺に攻撃魔法を使わせるために、敵はあえて『スティッキー・ボム』を踏んだ可能性もある。

だとしたら、ここで魔法を使うのは相手の思うつぼだ。

どうせ両足が縛られてしまった以上、毒蛇のリアンは簡単には抜け出せない。

冷静に『マジック・ウィング』で飛ぶだけでも、次の攻撃は確実に当たる。

奥の手を潰してから、ゆっくり攻撃魔法を打ち込めばいいのだ。

それを分かっていて飛行魔法を潰しに来るなら、逆に今攻撃魔法を使えばいい。

さて、どうくるか。


俺が次の一手を決めるべく敵の動きに注目していると——明らかに届かない距離にもかかわらず、敵はハンマーを振った。

同時にハンマーから、カシャリという音が響き、ハンマーの柄が割れた。

柄の中から姿を表したのは、細い鎖だ。

鎖はよく見ると、色鮮やかな液体で濡れている。

「毒の鎖……それで『毒蛇』か」

毒の鎖。

あまりにも扱いにくい武器だ。

鎖は切り傷をつけるための武器ではないので、使う毒は触れただけで効果を発揮するような接触毒である可能性が高い。

もし傷口から入れる必要のある毒の場合、鎖はもっと棘《とげ》などの多いデザインになることだろう。

普通の鎖でも当たれば皮膚が破れることはあるが、棘をつけたほうが圧倒的に効率がいい。

となると、塗られた毒は8割方接触毒だ。相手が『マジック・ヴェール』を使うなら尚更《なおさら》だ。

それも恐らく解毒剤《げどくざい》もないような、危険極まりない毒だ。

解毒されては奥の手の意味がないからな。

だが、そんな毒を鎖に塗れば、ただ手で持っただけで自分が毒を受けることになるし、鎖から毒がはねて自分に当たる危険性だってある。

相手に当てることだけを考えれば強力な武器だが、むしろ自滅する可能性のほうが高いくらいだ。

だからこそ彼は鎖を奥の手として、使い捨ての機構という形で組み込んだのだろう。

それにしても、分の悪い賭《か》けだと思うが……これを使いこなすからこそ、『毒蛇のリアン』などと呼ばれているのだろう。

この鎖、たしかに蛇に見えなくもないしな。


回避は難しいが、可能だ。

わずかに距離のある状態から投げたことで、鎖にはまだすり抜けられるスペースがある。

もしリアンがあと1歩踏み込めていたらこのスペースさえなく、俺は完全に鎖で囲まれていたところだが……左足を『スティッキー・ボム』にとられた状態では、これ以上の踏み込みは不可能だったというわけだ。


リアンもそれに気付いているようで、次の行動を起こした。

『スティッキー・ボム』を無理やり引き剝がすようにして、脚をあげようとしたのだ。

その手には先程とは違う……恐らくは予備として持っていたであろうハンマーが握られている。

踏み込みきれなかった隙間《すきま》を、自分の攻撃で埋めようというわけだ。

だが、この攻撃をかわす必要はない。

そして、恐らく鎖もそうだ。

「な……なぜかわさない！」

「かわすつもりだったさ。お前が殴りかかってこなければな」

俺が『マジック・ヴェール』を使った以上、物理攻撃を仕掛けることに意味はない。

鈍器が毒武器であればまた話は別だが、その可能性も低いだろう。毒武器であれば、足を縛られた状態で振るより投げたほうが当たりやすい。

こう考えていくと、毒蛇のリアンが俺に殴りかかったのに、攻撃としての意味はなかったことになる。

だが素人《しろうと》ならともかく、こいつのような対人戦のプロが敵の前で無意味な行動をするとは思えない。

となれば考えられる可能性は一つ。ブラフだ。

たとえ強力な防御魔法に守られていようとも、敵が攻撃を仕掛けてくれば『何かあるかもしれない』と思って避けてしまうのが人間の本能だ。

そして実際に、ほとんどの場面でその本能は正しい。

敵の行動の意図を完全に読み切れることなど、そうそうないのだから。

その本能を利用して、攻撃を避けさせる。それが今の行動の目的だ。

となれば当然――。


「なるほど、これが本命か」


俺の背後、鎖の隙間を1本の細い針が飛んでいった。

もし鎖やハンマーを避けようとしていたら、絶対に当たっていた軌道だ。

だが針は空振り、鎖は俺に巻き付いた。


「やっぱり、なんともないな」

鎖に塗られた液体が俺の体を濡らすが、何も起きなかった。

鎖についていた液体は、色つきの水か何かだ。

わざわざ『毒蛇のリアン』などと自己紹介をした理由は、あの液体を毒だと思い込ませるためだろうな。

自己紹介の時点で、策略は始まっていたというわけだ。

よく考えられた罠だ。まさに暗殺者といった感じだな。

このくらいできる奴が味方にいたら、国王救出作戦も楽だっただろうに。

「ゲオルギスが負けたわけだ。化け物にも程があるだろ……」

それが毒蛇のリアンの最後の言葉だった。

「ファイア・アロー」

俺が放った魔法が、毒蛇のリアンの胸を貫く。
敵が絶命したのを確認してから俺は、この戦いで最後の魔法を放った。

「スチームエクスプロージョン！」

魔法が発動したのは塔の外、なにもない。
これは攻撃ではなく、勝利を知らせる花火だ。

俺たちの勝利だ。

第六章

06

The Invincible Sage in the second world.

毒蛇のリアンを倒した数分後。
俺《おれ》たちは王宮の一室に集まって、今回の戦闘の事後処理を話し合っていた。

今回の場合、新国王は王宮を一時的に奪われただけでなく、自身を守る戦力である近衛《このえ》騎士団すら失ってしまった。
状況を立て直すのは、もちろん非常に面倒くさいだろう。

そして俺たちは、その一番面倒くさい部分に触れるつもりはない。
というか無理だ。俺たちがやるような仕事ではないし、できることでもない。
だが……国王ならできるかと言うと、話はそう単純でもない。

「近衛《このえ》騎士団の再組成にはやはり、時間がかかるな」

「どのくらいだ？」

「最低限の形を整えるのに1ヶ月。まともに戦力として機能させるのにさらに1年……これだけの時間を稼がなくてはならない」

なるほど。

軍隊を作るのにかける時間としては、かなり短く抑えたような気がするな。

問題は、それでも長すぎるということか。

「言っておくが、俺たちがずっとつくわけにはいかないからな。こっちにもやらなきゃならないことが色々あるんだ」

確かに国王は重要だ。

重要だが、俺たちが丸1年という時間を国王保護だけのために費《つい》やせるほど重要かというと微妙なところになる。

そんな時間があるのなら、もっと強くなれる方法をいくつも実行できる。

警備のために長い時間を費やして成長を止めるのは、敵を利するようなものだ。

「流石《さすが》にそこまで頼るつもりはないよ。なんとかやってみるさ」

「……できるのか？」

「やるしかない。失敗したら死ぬだけだ」

うーん。

死なれたら困るんだけどな。せっかく助けたんだし。

「必要でしたらメイギス伯爵軍から一部をお貸しすることはできますが……彼らは戦闘こそエルドさんのおかげで可能になったものの、儀礼や基礎的な練度といった近衛騎士に必要な部分を短時間で身につけてもらうのは少々難しいかもしれません。マイアー侯爵なら、もう少し近衛騎士に向いた信用できる人材を用意できるのではないかと思いますが……」

「ふむ。確かにマイアーに頼むというのはいい案だな。私の近衛兵を育てる間は、マイアーに頼るとするか」

どうやら近衛騎士はマイアー侯爵が貸す方向になりそうだな。
つまり、俺たちの陣営が国王の命を握るというわけだ。
悪用するつもりはないが、なかなかいい位置に収まれたと言うべきだろうな。

「これで護衛の問題は解決……ってことで、いいのか？」

「残念ながらそうは言えないな。今回は不意打ちに近い形といえど、父上の近衛兵……王国軍の最精鋭が全滅したんだ。マイアー侯爵軍を侮《あなど》っているわけではないが、穴埋めに十分とは言い難《がた》い」

「だろうな……間違いなくナメられる」

恐らく国内には、国王を倒して後釜《あとがま》に座りたい輩がいくらでもいる。
そんな彼らにとって、国王の護衛としてマイアー侯爵軍がつくというのは、朗報以外の何物でもないだろう。

なにしろ一国の王の護衛が、国内貴族の軍レベル……それも一部を借りただけであれば、まさに格好の獲物だ。
単独で喧嘩《けんか》を売るような勇気のある貴族はいないかもしれないが、仲間と組んで王位を奪い取ろうとする貴族がいるのは、むしろ自然なくらいだろう。

そうなれば、内戦の始まりだ。
国王の軍は戦うためだけでなく、国内に脅しをかけるという意味もあるのだ。
それが失われると、なかなか厳しい形になる。
ということで……。

「じゃあ、勝手にビビってもらおう」

「勝手に？」

「ああ。今回の国王救出は俺たちがやったんじゃないことにすればいい。国王の兵が強敵から王宮を守った……って形だな」

「近衛が全滅したんだぞ。私を守る兵などいるわけが……いや、なるほど。そういうことか。確かに勝手にビビるな」


国王は一瞬俺の提案を否定《ひてい》しかけたが、すぐに納得して頷《うなず》いた。

どうやら、俺が言いたいことを分かってくれたようだ。


「誰《だれ》が守ったか分からないほうが、向こうからすれば不気味だろ？」


あれだけの……王室を爆破《ばくは》しボロボロにするようなレベルの侵入を受けながら、国王の兵は国王を守り抜いた。

しかし、国王を守った者の正体が全く分からない。

どこかの軍隊が動いた痕跡《こんせき》すら、王宮にはないのだから。

となれば、相手からすれば不気味極《きわ》まりないだろう。

相手の戦力が分かっていれば、それを上回る戦力を用意すればいい。

だが相手の戦力が分からない……それどころか、相手が誰なのかすら分からない状況では、とても攻め込むことなどできないだろう。

なにしろ相手は仮にも国王──他国の王ほどの強権がないとはいっても国の長であり、喧嘩を売って負ければ一族郎党打ち首になっても文句は言えないのだから。

「ああ。まったくもって不気味だ。私がもし反王室派の貴族どもなら……少なくとも自分では攻め込まないな。他の奴《やつ》が代わりに行くようにそそのかすくらいはするかもしれない」

「誰も行かないだろ。誰だって死にたくはないし、負けた奴が捕まって指示した奴を吐く可能性も考えると、指示もしにくいんじゃないか」

「確かにそうだ。……あえてメイギス伯爵を露骨に優遇すれば、伯爵領も一緒に守れるか」

「ああ。メイギス伯爵が誰か凄《すさ》まじい化け物を隠し持っていて、それがゲオルギスを倒し国王まで守った……敵はそう思い込むだろうな」

傀儡《かいらい》政権がなくなったため、ゲオルギス枢機卿《すうききょう》領は元々の予定通りにメイギス伯爵がもらうことになる。

一気に領地を拡大することになるメイギス伯爵は、間違いなく妬《ねた》まれるだろう。

敵に『化け物がいる』と思い込ませることで、国王といっしょにメイギス伯爵を守る抑止力を得られることになる。


「化け物がいるというのは思い込みじゃなくて、実際にいるけどな」

「……いるのか？」

「ああ。そこに」


そう言って国王は、俺を指した。

ふむ。確かに国王救出もゲオルギス枢機卿討伐《とうばつ》も、指揮してボスを倒したのは俺だな。

その展開に持っていくまでに仲間の助けを得ているので、単独というわけではないが。

あと、俺は化け物ではない。人間だ。

メイギス伯爵領と国王を同時に守る力などないし、そして守るつもりもない。
俺は今の強さで満足するつもりもないので、強くなるためには時間を使う必要があるからだ。

俺の正体が分かれば、相手もすぐそのことには気付くだろう。
だから、気付かないようにしておくというわけだ。

「国王を守ったのが俺だって分かったら、俺さえいなければ攻められるってことになるだろ。言わないほうがいいはずだ」

「確かにそうだが……君はそれでいいのか？」

「いいのか……とは？」

「私を救った戦いのことを考えるに、君は間違いなく我が国……いや世界最強と言っていい人間だ。今回の功績が分かれば、誰もが君をそう評価するだろう。正体を隠せば、そんな機会を捨てることになる」

世界最強か。

この国の中ならともかく、世界にはもっと強い奴がいそうなものだが。

弱かったとはいえ賢者だって他にいたし、戦い方が分かっている奴だって探せばいるはずだ。

俺はＢＢＯの知識に自信があるが、たとえ少しくらい非効率なやり方をしていても、時間をかけて鍛錬を積めば強くはなる。

もし俺より10年早く生まれた奴がこの世界で強くなる方法を少しでも理解していたら、冒険者になって日の浅い俺では勝つのが難しいだろう。

レベルの差もあるし、相手が複数人いる可能性もあるからな。

とはいえ……俺が強くなるのをあと数年間放っておいたら、そいつらでも俺に勝つのはかなり難しくなっているかもしれないが。

「俺は有名になる気はない。手柄を隠すのはむしろ大歓迎だ」

だからこそ、それまで俺は有名になる気などないというわけだ。

敵に気付かれて潰《つぶ》しに来られても、面倒だしな。

俺がそこそこ強いことくらいはバレてもいいが、俺を唯一最強の脅威として認識してもらっては困る。

メイギス伯爵領の冒険者たちを強くしたのは、俺の存在をカモフラージュするためという面もあるのだ。

「国王として、優れた人材は適正に評価したいんだがな」

「まずは生き延びてから適正に評価してくれ。死んだ奴に褒められても嬉《うれ》しくないぞ」

「……それもそうか。恩に着るよ」

「ああ。恩返しを楽しみにしてるぜ」

こうして俺の功績は、ひとまず隠蔽《いんぺい》されることになった。

隠蔽は俺たち両方にとって利益《りえき》のあることだが、一応は国王への貸しということになるので、あとで高い利子をつけて返してもらおう。

日本だと利子は法律上で制限されているが、この国でなら多少の暴利は許されるだろうし。

「では、ひとまず君への報酬はメイギス伯爵への報奨金という形で出すことにしよう。メイギスから報酬を受け取ったほうが、目立たないだろう?」

「そうですね。エルドへの報酬は、帳簿には書かないでおきます」

「いかにも怪しいな」

「はい。事情を知らない人からは、まるで大きな力を持った『何者か』に報酬を出しているように見えると思います」

どうやらメイギス伯爵たちも、俺の作戦に賛成してくれるようだ。

これで俺の功績は、うまい具合に隠蔽できそうだな。

「では、次は伯爵への報酬を決めることにしようか」

「元々の話ではゲオルギス枢機卿領をいただくということになっていましたが……やはり変更ということでしょうか」

「それは枢機卿を倒したことへの報酬だろう？　私を救出したことへの報酬がまだじゃないか」

「べ、別にいただけるのですか⁉　お言葉ながら、私には枢機卿領だけでも十分すぎるほどで……」

そういえばメイギス伯爵は、枢機卿領をもらうってだけで胃の痛そうな顔をしていたな。

広い領地だけあって、やっぱり治めるのは大変なのだろう。

その分、収入も立場もすさまじいものになるだろうが……メイギス伯爵は、あまり出世欲の強いタイプじゃなさそうだしな。

これ以上広い領地なんてもらったら、胃に穴が空《あ》いてしまうかもしれない。

「そうは言うがな、国王として、優れた人材や行いは適正に評価せねばならん。エルドのように特殊な事情があれば別だが、メイギスはすでに目立っている……そしてさらに目立たねばならん立場なのだから、報酬は当然必要だろう」

「お、お言葉の通りです……しかし私は田舎《いなか》の小領主だったもので……」

珍しくメイギス伯爵が全力で抵抗している。

そんなに領地が嫌か。

「……追加の領地ではないほうがよさそうだな。領地も用意できるが、逆にメイギスの負担になりそうだ」

どうやら国王は、伯爵の表情と口調から言いたいことを察したらしい。

伯爵がこれ以上の領地をもらうことはなさそうだ。

「お心遣い、痛み入ります。大変助かります」

メイギス伯爵が、あからさまにほっとした顔をする。

さて、問題は代わりの報酬が何になるかだが……。

「まずは、あらゆる税金の免除でどうだ？　30年ほど」

「30年⁉　流石にやりすぎな気がしますが……よろしいのですか？」

「やりすぎだと思われるくらいでちょうどいいだろう。この国が乗っ取られるのを防いだ功績を考えれば、そう高すぎる報酬でもないしな」

「あらゆる……ということは、治癒薬もですか？」

「ああ。治癒薬もだ」


破格の条件だ。

メイギス伯爵が国内の治癒薬製造をほぼ握っていることを考えると、メイギス伯爵は国内一裕福な貴族になってもおかしくはない。

一歩間違えれば……いや間違えなくても、新国王がメイギス伯爵の傀儡政権だと思われかねない勢いだ。

まあ、それを分かった上で新国王はメイギス伯爵に過剰な特権を付与するつもりなのだろうが。

相手があのゲオルギス枢機卿を倒したメイギス伯爵だと分かれば、他の奴らは手を出しにくくなるからな。

「さて……もうちょっと露骨にしたいところだが」

「……まだやるのか？」

すでにだいぶやりすぎな気がするが、どうやら新国王はまだやるつもりらしい。

これは随分思い切ったものだな。

メイギス伯爵領は俺の拠点でもあるので、強くなる分には全く構わないのだから。

「ああ。どうせ優遇するなら徹底的にというところだ。さしあたっては、そうだな……特殊職への優遇措置はどうだ？　国が出す魔物討伐の報酬金を、特殊職が入ったパーティーに限って優遇するとかな。特殊職が冒険者活動をしやすくなるだろうし、特殊職の多いメイギス伯爵領には有利だ」

ふむ。

確かにそれだと、今はまだ弱いと見られている特殊職も冒険者パーティーに入りやすくなりそうだな。

だが……。

「せっかくの申し出だが、それはやめてくれ」

「ダメか？　特殊職の活動をやりやすくする、いいアイデアだと思ったんだが」

「確かに入りやすくはなるかもしれないが、報酬増額目当てとなると な……入れるパーティーは増えるかもしれないが、特殊職は弱いという認識を逆に強めかねない」

まず間違いなく、特殊職は弱い職という扱いになる。

弱いことは弱いが、報酬のためにパーティーに入れておいて、荷物持ちでもさせておく……そんな感じだろう。

元々戦えない未熟な特殊職ならまだいいが、そこそこの経験を積み、中堅パーティーなら主力を張れるようになった特殊職が追加報酬目当てで上位パーティーに採用されてしまい、逆にお荷物になる……といった悲劇も起きるかもしれない。死亡率も上がるだろう。

適正ではないレベルのパーティーに加入できてしまうことは、本人にとってもいいことではないのだ。

それではダメなのだ。

特殊職が強いと分かれば、冒険者パーティーは黙っていても特殊職を仲間に入れることだろう。

本当の意味で特殊職が冒険者としての市民権を得るというのは、そういうことなのだ。

そのために俺は、特殊職に関する知識の一部を一般公開するつもりでいる。

メイギス伯爵領に優位性を残す意味で、上位スキルなどに関する情報は一部隠すつもりだが……それでも十分に特殊職の力になれる。

少なくとも、通常職と同等以上の力は得られるはずだ。

だというのに、余計な優遇策で特殊職のイメージを歪《ゆが》められるのは困る。

特殊職の立場は、あくまで特殊職が自分の力で変えていくものなのだ。

「ふむ……確かにそうだな。だがノービスの扱いは、それで変わるものか？」

「いや、ノービスの扱いは変わらないだろうな。というかノービスは単純に弱い」

「……エルドはノービスだと聞いたが」

ああ。

そういえば国のデータでは、まだ俺はノービス扱いなんだったな……。

メイギス伯爵領ではそれでもよかったが、今後単独で動く機会では微妙なところだ。

「それは当てはまる職業がないから、仕方なくノービス扱いになっただけだ。実際の職業は魔法使い系の、賢者という職業だ」

「新しい職業か。国として登録するのは……職業の宝珠《ほうじゅ》が見つからないことには難しいな」

今までは知らなかったが、どうやら新しい職業は宝珠が見つかると登録されるようだ。

そして宝珠の入手方法は……残念ながら俺も知らない。

ＢＢＯではステータスを見れば職業などすぐに分かったので、そもそも宝珠なんていらないし。

いずれにしろ、賢者を新しい職業として登録させることは利益より害のほうが大きい可能性が高いので、今はまだ避けたいところだ。

「賢者を新しい職業として作るよりは、むしろ魔法使い扱いにしてくれるとありがたい。職業の宝珠が光らなければ無理だと言われたが……」

「では国王命令で登録させよう。冒険者の登録を命じるのなんて初めてだが、まあ何とかなるはずだ。……メイギス伯爵領のギルド経由でなら、情報も隠せるだろうしな」

これでようやく魔法使い扱いになるのか。

初めて登録した時には、まさかこれだけのために国王まで引っ張り出す騒ぎになるとは思わなかったな。

魔物の討伐報酬のおかげで金には困っていないので、元々の報酬よりこの登録のほうが嬉しいかもしれない。

「しかし、それだと伯爵領への優遇措置にはならないな。……治癒薬の専売権くらいつけておくか」

「い、いいのですか……？　それこそ影響が大きそうですが……」

「どうせ治癒薬を売るほど作れるのなんて伯爵領だけだからな。もし他に使える奴がいるとしたら、製法を盗んだ奴くらい……専売とはいうものの、実質は泥棒よけくらいの話だ。他の貴族も反対しにくいだろう」

ふむ。

専売制というと重い話のように見えるものの、確かに実質的には警備の人手を減らせる程度の話だな。

まあ、それでも十分にありがたいのだが。

ゲオルギス枢機卿と戦う時にも、警備は凄まじい人手を食っていたからな……。

「さて、とりあえず今出せる報酬はこんなところだが、エルドは冒険者を引退したくなったらすぐにでも教えてくれ。いつでも貴族位を用意して待っている」

「……俺は領地の経営なんてしたくないぞ。他に適任がいるはずだしな」

「安心してくれ。経営要員もセットでつける」

悪くない話かもしれない。

だが、ずいぶん先の話だな。

国が乗っ取られかけるような状況では、貴族なんか絶対になりたくないし。

もし平和に暮らすにしても、何か安全を確保できる程度の力はつけておきたいところだ。

「平和になった後のことは置いておいて、まずは帝国を何とかするところからだな。国が滅んだら暮らしようがない」

「そうだな。……何か対抗策はあるのか？」

「もちろんだ。手はすでに考えてある」

「……どんな作戦だ？」

「今は手を出さない。放っておく」

俺の言葉を聞いて、新国王は拍子抜けしたような顔をした。

もしかしたら俺が精鋭部隊でも率いて殴り込むのを想像していたのかもしれないが……そんなつもりは全くない。

というのも、放っておくのが一番有利だからだ。

その結果がどうなるかは、すぐに分かることだろう。

第七章

それから1年ほど後。
俺《おれ》たちは、新たなメイギス伯爵領——以前のゲオルギス枢機卿《すうききょう》領にいた。

やっているのは、魔物狩りだ。
とはいっても、以前とはだいぶ狩り方が違う。
もっと効率的で数を狩れるやり方だ。

「次の狩場はこのあたりですね」

「分かった。じゃあ早速始めるか」

森の中を歩いて移動していた俺とサチリスは、森の中で立ち止まった。
敵を集めるのにも向かず、特に有利でもない地形だ。

だが、今のやり方ならこれは関係ない。

「アタック・フィールド」


俺は杖《つえ》を構え、魔法を唱える。

これは武器に魔力を付与し、攻撃の威力を上げる魔法だ。

『壊天《かいてん》の雷龍《らいりゅう》』を倒す時にも使った強力な補助魔法だが……この魔法には1つデメリットがある。

それは、魔法を使う時の魔力消費が増えることだ。


1人の強力な敵を倒すような戦いならそれでいいのだが、弱い魔物を数狩るような場合にはこれが結構重くなる。

レベルが上がった今でも、無視できない消費量だ。

というか1日中狩りをする場合、ファイア・アローですら消費が重い。

ミーリアに攻撃を頼ったり、敵を一箇所に集めてフレイム・サークルで焼いたりしていたのは、全《すべ》てその魔力消費を軽減することで限られた魔力で多くの敵を倒すためだ。

レベルが上がっても、魔力量はあまり伸びない。

もちろん多少は伸びるが、強力な魔法を使えるようになるぶん魔力消費も増え、逆に燃費は悪くなるくらいだ。

そこで、倒す数を増やすためにはやり方を考える必要があるのだが……その中でも最も燃費がよく時間もかからない方法がこれだ。


「マジックサーチ。……お、いたいた」


俺は魔法で魔物を探すと、まっすぐにその前まで歩いていく。

ガルスと呼ばれる、このあたりでは一番強いとされる猪《いのしし》の魔物だ。

体重は恐らく数百キロにも達するだろう。

杖1本構えて現れた俺を見て、ガルスはまっすぐ突っ込んできた。


「ヴォウッ！」

俺は杖を構えるが、魔法は何も発動しない。

そしてちょうど目の前に魔物が来たところで、杖をまっすぐに振り抜いた。


「ギャベッ！」


大きなガルスが、悲鳴を上げて吹き飛んでいく。

ガルスはそのまま3回転して地面に落下し、ピクピクと痙攣《けいれん》して動かなくなった。

これで1匹討伐《とうばつ》。魔力消費はゼロだ。

アタック・フィールドによる攻撃力上昇は殴打にも適用されるのに対して、魔力消費は魔法に対してしか働かない。

恐らく、殴打では魔力を放出しないため、消費もないということなのだろう。


「次は向こうです」


魔物を1匹倒すと、戦闘音によって魔物たちが俺を警戒することになる。

そうするとサチリスのサーチエネミーに引っかかるので、見つけるためにマジックサーチを使う必要がなくなる。

サーチエネミーはマジックサーチと違って一度発動すればずっと敵意を感知し続けるので、次の魔物を探すのも魔力消費ゼロだ。

「ヴォウッ！」

適当に魔物が近付いたところで俺が近くの木を蹴《け》ると、魔物が走ってきた。

俺は先程と同じく、杖をフルスイングする。

「ギャベッ！」

またも一撃だ。

こうして俺は全く魔力を使わずに、次々と魔物を倒すことができるというわけだ。

たまに杖殴りでは倒せない魔物がいると魔力を使うことになるが、それも大した量ではない。

「あの……さっきから思ってたんですけど、これって剣のほうがいいんじゃないですか？」

次々と魔物を倒す俺を見て、サチリスがそう呟《つぶや》いた。

確かに、その気持ちはよく分かる。

殴るなら杖より剣のほうがいいのではないかと。

だが……。

「実はこのスタイルだと、剣で斬《き》るより杖で殴ったほうが強いんだよな」

「そ、そうなんですか？」

「ああ。……やってみるか」

そう言って俺は収納魔法を使い、いつもの賢者専用杖を剣に持ち替える。

イーリアの武器屋で買った15万ギールもする高価な剣……ではなく、恐らくそれより1桁《けた》か2桁高いであろう本当に高価な剣だ。

この剣ならミーナに安物扱いされることもない気がする。

「次の敵はどこだ？」

「向こうです！」

俺は先程と同じく、近くにいたガルスを挑発する。

「ヴォウッ！」

そして走り込んできた魔物に向けて剣を振り——剣が当たる瞬間、一瞬だけ力を抜いた。クリティカルのコツだ。

狙《ねら》い通り俺の斬撃はクリティカルとなり、魔物を肩口から切り裂いたが——。

「ヴォアアアァァ！　ヴォウアアアアァ！」

ガルスはよろめいたものの、倒れなかった。

剣は肩の骨によって止められ、致命傷に至らなかったのだ。

別に剣が悪いわけではない。

俺がシー・サーペントと戦った時の剣では、このくらいの傷すらつけられないことだろう。
ガルスは、決して弱いわけではないのだから。

「ギャベッ！」

俺が武器を杖に持ち替えて殴ると、ガルスは放物線を描いて飛んでいった。
一見大して強そうに見えない杖のほうが、ちゃんとした剣より高威力なのだ。

「本当だ、杖のほうが強い……？」

「杖で殴っているように見えて、実は魔法で殴ってるようなものだからな。杖のほうがアタック・フィールドの威力が上がるから、トータルの威力は大きくなるんだ」

「そ、そうだったんですね。じゃあもしかして私も、弓で殴った方が強かったり……？」

「剣よりは弓のほうが強いかもしれないぞ。今の弓なら簡単には壊れないだろうしな」

今サチリスが使っているのは、マキシア商会に発注して作ってもらった金属弓だ。精霊は金属と相性《あいしょう》が悪いため木の弓のほうがいい……と見せかけて、実はミスリルなら精霊との相性も悪くないので、サチリスの弓はミスリルを主体として作られている。

これで殴れば相手の意表をつける程度の威力にはなるだろうし、相手が攻撃を防いでくれるようになれば『精霊蹴撃《しゅうげき》』を当てるのも簡単になるだろう。雑魚《ざこ》を倒すのに使うくらいなら矢を消費しないメリットもある。

普通の対魔物戦では弓で殴るなど悪手だが、状況によってはそれが役に立つというわけだ。

「スキルや魔法が絡《から》むと、こういう直感に反する現象が起こることは珍しくない。見た目に惑わされず、敵に与えているダメージや周囲の余波で判断したほうがいい。……対人戦とかの場合は、判断がつかなければとりあえず避けておくのもありだな。場所によっては『敵の攻撃はとりあえず避けろ』って教わるらしい」

「とりあえず避ける……それが基本戦術になっているような相手だと、適当な攻撃で裏をかけそうですね」

「ああ。『とりあえず避ける』戦術に限らず、思考停止でセオリーに従うタイプの教え方には必ず裏をかく手段がある。だから考えながら戦うのが大切だ」

この杖で殴る戦い方も、ただセオリーに従っているだけでは絶対に思いつけない戦術だ。

そういった場所にこそ『裏技』と呼べるような戦略はあるのだが。

「ちょっと待って下さい。領地からの連絡です」

話しながら次の獲物の元へ向かおうとする俺を、サチリスが呼び止めた。

伯爵軍所属のサチリスが俺の補佐についている最大の理由がこれ——領地からの緊急連絡を伝えるためだ。

広大なメイギス伯爵領の要所要所には精霊弓師《ゆみし》などの遠距離通信スキルを持った職業の者が配置されていて、領地に関《かか》わる連絡事項などを常にやり取りしている。

その情報の中で俺やミーリア、メイギス伯爵などに送る必要のある情報を、補佐としてついている精霊弓師がすぐさま伝えるというわけだ。

地球でいう携帯電話の通信網を人力で実現したようなものだな。

俺が倒した魔物を放置して狩りを続けられるのも、この通信網を介してサチリスが回収班に場所を伝えてくれるからだしな。


そして……この通信網が届いているのは、領内だけではない。

メイギス商会やマキシア商会の内部には伯爵軍に協力する通信スキル持ちがいて、情報の中継を担《にな》っている。

流石《さすが》に領内ほど緻密《ちみつ》な通信網があるわけではないが、重要事項のみを伝えるには十分な人数だ。


それどころか国王同意の下、王宮内にすらメイギス伯爵軍の通信網は通っている。

今やメイギス伯爵軍の情報網は、国内全域に届いていると言っていいだろう。

もし帝国が動けば、その情報はすぐさま伯爵軍の通信網を介して国内中の伯爵軍と協力貴族たち、そしてマキシア商会のミーナに伝わる。

攻められたのがたとえ辺境であっても、迎撃の準備はすぐに整うというわけだ。

これだけの情報網がたった数ヶ月で構築できてしまうのだから、スキルというのは便利なものだな。

俺たちが帝国に手を出さなかった理由の一つがこれだ。

数ヶ月間あれば、俺たちは内部の体制を大幅に変え、いざ戦いになった時に有利な戦いを進めることができる。

もちろん戦いを挑まないということは、帝国にも時間を与えるということだが……それでも戦いが遅くなるのは、俺たちにとって有利だ。

というのも、同じ1ヶ月なら俺たちの1ヶ月のほうが、帝国の1ヶ月より価値が高いからな。

戦争までに10年の準備期間があったとすれば、たとえ準備期間が急に1ヶ月延びたとしても大した影響はないだろう。

だが元々の準備期間が1ヶ月だったなら、1ヶ月の延長は途方もない差になる。

先に向こうから攻撃を仕掛けてきている以上、すでに帝国は国内の戦闘態勢をある程度整えているはず。

その状態で多少の時間を与えても、できることは少ない。それどころか俺たちの奇襲を警戒するために投じる軍事費で、放っておいてもダメージを受けるくらいの状態の可能性まである。

つまりこの『戦わない状態』こそが、俺たちにとって一番有利というわけだ。

……準備をしているのは、通信網だけではないしな。

「連絡の内容は？」

「エリアボス発見報告です」

サチリスの報告は、いつも通りのものだった。

俺に届く連絡のうち9割くらいは、このエリアボス発見報告だ。

メイギス伯爵領には多くの冒険者がいるし、軍が訓練目当てで手頃《てごろ》な魔物密度の場所を狩ることもある。

その際の障害となるのが、エリアボスだ。

エリアボスは基本的に強力な上に、倒すのに特殊な戦術が必要な場合もあって、慣れていない者が戦うのは大きな危険を伴う。

基本戦術や立ち回りが身についた中堅以上の冒険者の場合、死亡者の8割以上がエリアボスによるものだという話もあるくらいだ。

そのエリアボスが強ければ強いほど倒される確率は低くなり、周囲の環境は危険であり続ける。

たった1匹のエリアボスが倒されないまま放置されただけで100人近くの冒険者が殺されたという話も、珍しくはないくらいだ。

討伐のために強い冒険者が送り込まれて返《かえ》り討《う》ちにあえば、冒険者ギルドの戦力損耗という意味でも大きな痛手となる。

つまりエリアボスは、確実に討伐が可能な者によって短期間で倒されるのが望ましいのだ。

……というわけで、領地に現れる全てのエリアボス情報は、俺の元に集められることになった。

エリアボス討伐には大量の経験値や入手の難しいアイテムなど、普通では手に入らない旨味《うまみ》が沢山ある。

その居場所に関する情報なら買ってでも欲しいし、実際にBBOではエリアボス情報が高値で取引されていたくらいだ。

そんな情報がタダで、しかも領地全体分集まるとなれば、是《ぜ》が非《ひ》でも片っ端から倒して経験値とアイテム集めを――いや、領主の関係者として領地の安全を確保する崇高な義務を果たさなければならないだろう。

そんなわけでエリアボスの討伐は、今の俺にとって日常と化している。

その補佐となるサチリスも場数を踏み、（直接戦闘にこそ参加しないものの）強力なエリアボスに臆することもなく、周囲の避難誘導などを担当している。

今では慣れたもので、エリアボスが出たエリアが遠いと戦闘自体ではなく、夕飯の心配などをしだす始末だ。

だが、今回はサチリスの表情が硬いように見える。

「場所と種類は？」

「D17区域にエンペラーオーガが出たそうです」

「……ようやく来たか」

数あるエリアボスの中でもエンペラーオーガは、俺が探し求めていた魔物の中の1匹だ。

それは『魔の蠱毒《こどく》』事件の際に戦った因縁のある相手だから……ではなく、それが落とすアイテム『天啓の石』が目的だ。


アレをうまく使えば絶大な効果を——それこそ一人で帝国を潰《つぶ》せてもおかしくないくらいの力を発揮するアイテムだ。

当時の俺では扱いきれないアイテムなので、禁呪によって当時の俺に必要だった下位アイテム『賢者の石』に変換したのだが、今の俺ならアレをそのまま扱える。

もちろん『魔の蠱毒』の影響を受けたエンペラーオーガでないということは、『禁呪・魔力侵食』を使った討伐はできない。


そして今回の場所では、山火事を起こして周囲を巻き込むような戦い方もできないだろう。

情報伝達を効率化するために、領地内の全ての場所には区域名がつけられているのだが……

D17区域といえば、旧ゲオルギス枢機卿領の中心街——ギルディアの付近の森で、魔物が出るエリアの中では最も人口密集地に近い場所の一つだ。

マキシア商会の大支店もある場所だし、山火事どころか下手《へた》に魔物を逃がすことさえできない戦いになることだろう。

まあ、今の俺は当時の俺より強いなので、別に当時と比べて不利というわけではない。

この世界ではBBOと違ってステータスが見られないので、いい力試しといったところか。

「人口密集地が近いため、伯爵軍の精鋭部隊が対応中とのことです！　しかし……長くはもたないかもしれません！」

「了解した！　急ぐぞ！」

それから数分後。

スキルを駆使して最速でエンペラーオーガの元へとたどり着いた俺《おれ》たちが見たのは、エンペラーオーガ相手に集団で戦闘を繰り広げるメイギス伯爵軍だった。


メイギス伯爵軍はまともな育成が始まってから1年ほどしか経《た》っていないため、残念ながらあまり冒険者としてのレベルは高いとはいえない。

いくら育成方針が改善されたとはいっても、短期間では現実的に得られる経験値量に限界があるため、レベルや強力なスキルに頼った戦闘はまだできないのだ。

手早くレベルを上げるには無茶《むちゃ》をする必要があるが、戦い慣れていない者にそんなことをさせれば死人が続出するのは目に見えているからな。


一方エンペラーオーガは、仮にもAランクに分類される魔物だ。

いくらD17区域が大きい街の近くで、比較的軍備の整っている場所だとは言っても、普通に戦えば荷が重い。

　だが……。

「意外と戦えてるじゃないか」

　遠くから見る限り、彼らは苦労しながら戦ってはいるようだが……戦線は決して崩れていなかった。

　もちろんエンペラーオーガの攻撃など、彼らがまともに受けられるわけがない。

　だが、それは単独ならの話だ。

「くっ……ぐあぁ！」

　エンペラーオーガが振り下ろした腕を盾で受け止めた男が、苦痛のうめき声を上げる。

　盾の強度と攻撃の威力に対して、男の体が追いついていないのだ。

　骨までは折れていないようだが……盾を構える腕、押し込まれた盾が激突した肩などにはかなりのダメージが入っていることだろう。

次の攻撃が来れば、もう受け止められないはずだ。
すぐにでも助けに入りたくなるところだが、それは悪手だ。
0.1秒の差が生死を分ける戦闘の中で、目の前の敵以外に気を取られることは、死に直結する。
余計な手を出せば、俺の攻撃がエンペラーオーガに届くよりも先に、敵が彼を殺すことだろう。

手を出すべきタイミングはあるが、それは今ではない。
敵による次の攻撃が来るよりも、回復魔法のほうが早いからだ。

「ディバイン・ヒール！」

伯爵軍の聖者が発動した魔法が、すぐさま男の傷を癒やす。
彼にかけられた大量の防御系補助魔法が、回復魔法で耐えられる程度までダメージを抑え込んでいるのだ。

「補助魔法の持続時間、残り12秒です！」

「こっちは補助魔法をかけ終わった！　交代を頼む！」

「了解！　交代してくれ！」

そして補助魔法が切れる前に、前衛役が交代する。
こうして前線が崩壊するのを防いでいるわけだ。

「ふむ……伯爵軍の訓練はうまくいっているみたいだな」

彼らは確かに、単純な身体能力やスキルの性能――ゲームでいう『レベル』は決して高くない。
だが高レベルの魔物相手になんとか生き残り、時間を稼ぐ技術に関して、彼らはかなり重点的な訓練を積んでいる。
なぜなら生き残る技術こそ、全《すべ》ての基礎だからだ。
生き残る能力さえあれば、時間を稼ぎながら主力の到着を待つことができる。

多少危険な状況でも生き残れる技術があれば、そのぶん危険な——経験値を稼ぎやすい場所で経験を積むこともできる。

勝てない相手に5分粘れるか、30秒で全滅してしまうかどうかは、時として部隊の運命を決めることになる。

だからこそ伯爵軍では、まず生き残る技術を叩《たた》き込《こ》まれるのだ。

そして、この部隊は持ちこたえた。

「もう魔力がもたない！　もってあと1分だ！」

「俺も似たようなものだ！　援軍は……」

そう言って部隊が、周囲を見回し始める。

いいタイミングだな。

1分後に言及するということは、数秒後を切り抜ける自信があるということだ。

こういったタイミングこそ、援軍が手を出すべき時だ。

「サチリス、頼む」

「エルドさんが到着しました！　撤退をお願いします！」

そう言ってサチリスが、拡声魔法を通してそう叫んだ。

司令官がすぐに振り向き、俺の姿を確認すると――部隊全体に向かって叫んだ。

「撤退準備！　３秒後に拘束魔法を発動しろ！」

「ダーク・バインド！」

「ムーブ・バインド！」

「束縛の網！」

司令官の指示に従って、完璧《かんぺき》にタイミングを合わせて拘束魔法が発動される。

魔法がエンペラーオーガを数秒間だけ拘束する間に、前衛を務めていた戦士たちが敵と距離を取った。

その隙《すき》に俺はまず、敵の気を引く魔法を放つ。

とはいっても、挑発魔法ではないのだが。

「デッドリーペイン」

「ゴガアアアアァァァァ！　ギゴアアアアァァァァ！」

魔法が与える壮絶な痛みに、エンペラーオーガが絶叫をあげた。

だがボスというだけあって……痛みに耐えながらも、エンペラーオーガは果敢に俺のもとへと向かってくる。

「マジック・ウィング」

俺はいったん移動魔法を発動し、伯爵軍の兵士たちから距離をとった。

山火事になるような魔法を使わないとはいっても、周囲を巻き込むことに変わりはないからな。

「まずは……ブラスト・シールド」

ブラスト・シールド。

この1年で俺が習得した防御魔法のうちの一つだ。

その効果は、爆発《ばくはつ》系ダメージへの耐性に特化している。

魔物は爆発系の魔法をほとんど使わないため、基本的には対人用の魔法だが……この防御魔法は、自分自身が使う魔法の余波にも効く。

というか、俺はほとんどその用途でしか使っていない。

「スチームエクスプロージョン！」

1年近い時間をかけてレベルを上げた今でも、この魔法は俺の主力だ。

もっとも当時と違い、スキルレベルは5まで上がっている。

領地中のエリアボスを倒して回り、英知の石を集めた成果だ。

レベル2のスチームエクスプロージョンは地面に伏せればなんとか普通に使えたが、今や『ブラスト・シールド』なしでは自殺行為にしかならない魔法といっていい。

もちろん、それだけ威力が大きいということなのだが。

「ゴ……」

危険を感じたエンペラーオーガの咆哮《ほうこう》は、爆発の轟音《ごうおん》にかき消された。

俺の視界も爆炎に包まれるが、スチームエクスプロージョンから身を守るためだけに習得した上位スキルである『ブラスト・シールド』が、その威力を完全に無効化する。

「デュアル・キャスト」

敵の反応を見ることすらなく、俺は追撃を放った。

デュアル・キャストは、直前に使った魔法を再度発動する魔法だ。

これによって、連射に60秒の間隔が必要となる『スチームエクスプロージョン』も、ほぼノータイムで2連射できる。

その攻撃の結果は……。

「……今ので終わりか」

爆風が晴れると、エンペラーオーガは地面に倒れ伏していた。

その首はおかしな方向に曲がっていて、もはやデッドリーペインで死亡確認をする必要すらない。

昔はあれだけ苦労して倒したエンペラーオーガが、今となってはこんなものだ。

それだけ、王宮奪還からの約1年が、俺たちにとって大きかったということだろう。

「すげえ……ここまで爆風がきたぜ……」

「こ、これがエルドさんの戦術級攻撃魔法か……」

俺の戦いを遠巻きに見守っていた伯爵軍の兵士たちが、そんな声を漏《も》らした。

……なぜ逃げてないんだ、お前ら。

これは後で、伯爵軍の指導部に連絡を入れておく必要があるかもしれない。

エリアボスとの戦いに興味があるのは分かるが、俺が100%勝てる保証があるわけではないんだから、見ていないで遠くに逃げるべきだ。

伯爵軍でもそう教えているはずなのだが。

「この魔法、久しぶりに見ましたね……」

周囲を見回しながら、サチリスがそう呟《つぶや》く。

言われてみれば、確かに久しぶりだな。

確か、前に使ったのは……。

「多分、1ヶ月くらい前だな」

正直なところ、今の『スチームエクスプロージョン』はもはや使い勝手の悪い魔法だ。

一度撃つだけで周囲は焦土になるし、防御魔法を発動しなければ安全に撃つことはできないし、ほとんどの敵に対しては威力が大きすぎる。

というか、レベル3以降からはもうそんな感じだった。

それでも俺が『スチームエクスプロージョン』のレベルを5まで上げたのは、この威力が必要になる時が来るからだ。

いつ必要になるかというと……天啓の石が手に入った時。つまり今だ。

「お、あったあった」

そう言って俺は、エンペラーオーガから天啓の石を取り出した。

赤黒い英知の石と違って、この天啓の石はとても白い。

そして、これこそＢＢＯ（ブロークン・バランス・オンライン《バランスの崩壊したＭＭＯ》）の中でも特にヤバいと言われる、『スキル覚醒《かくせい》』システムの鍵《かぎ》となるアイテムだ。

とはいっても、このアイテムを入手しただけでスキル覚醒システムが使えるわけではなく、これを使った難しい儀式を経て初めて、スキルを覚醒させられるのだが。

これが手に入った以上、俺もそろそろ旅に出る準備をする必要があるな。

「よし、いったんは回収待ちだな」

普通の魔物に関しては勝手に回収してもらっているが、エリアボスの場合は特殊な素材があったりするので、回収まで俺たちが見張ることになっている。

昔は放置していたのだが、何度か魔物を盗まれる事件が起きたため、今はこういう形になったのだ。

特にAランクの魔物は狙《ねら》われる確率が高いし、マキシア商会の輸送部隊が街に着くまでは護衛する必要があるだろうか。

などと考えていると……見慣れた顔がやってきた。

商会長のミーナだ。

「エンペラーオーガ、回収しにきたわよ！」

ただの魔物回収作業に、ミーナが来るとは珍しい。

普段は回収部隊が、６人ほどで台車を引いてくるだけなのだが。

「回収に立ち会うのは珍しいな」

「たまたま近くにいたから、見に来てみたのよ。最近はエルドの顔もあまり見ていなかったし」

「……忙しそうだもんな」

「そうね。メイギス伯爵領だけでも、そろそろ支店数が50個くらいになるわよ」

メイギス伯爵領の発展と拡大に伴って、マキシア商会の規模は急激に拡大している。

元々大きい商会であったのは間違いないのだが、今やマキシア商会は王国内で最大の商会の一つと言っていいくらいだ。

「商会を大きくするのはいいが、過労死しないでくれよ。色々と困るしな」

メイギス伯爵領にとって、マキシア商会は極《きわ》めて重要なインフラだ。
もし大規模な戦争が起こることになった場合、物資の調達や輸送もかなりの部分を頼むことだろう。

つまるところ、ミーナがいなくては困るというわけだ。
まあ、利害の問題を抜きにしてもミーナには死んでほしくないのだが。

「それは心配いらないわ。最近は私もあんまり忙しくなくなってきてるし」

「……そうなのか？」

「こうして空《あ》いた時間にエルドの様子を見に来られるくらいにはね。……私の代わりになれる人を育てた、私が動かなくてもよくなったのよ」

人材育成が進んできたというわけか……。
しかし、それはそれで心配になる話だな。

枢機卿《すうききょう》を倒してから1ヶ月ほど経った頃、俺はミーナと同じ街に滞在していたのだが……

いつ見てもミーナは商会にいて、書類仕事をしたり誰《だれ》かに指示を出したりしていたのだ。

当時ミーナがいつ寝ていたのかは、今でも気になっている。怖くて聞けないが……。

そんな彼女の仕事を誰かに任せたら、今度は任された側が倒れるのではないだろうか。

ミーナと違って、任される側はただの人間なのだし。

「それ、任された奴《やつ》が倒れたりしないのか……？」

「えっと……倒れたわね。5人くらい」

「倒れたのかよ」

とんでもないブラック企業だった。

もし金に困っても、マキシア商会にだけは就職しないように気をつけよう。

味方につけると非常に頼もしいが、商会員にはなりたくない……。

「……今も倒れるのか？」

今もそんな状況が続いているようなら、何か対策をする必要があるかもしれない。
マキシア商会の強さが商会員の犠牲によって成り立っているのだとしたら、戦争などの時にその面がもろさとなって出てしまう可能性も高いし。

余裕がない組織は、イレギュラーに弱い。
マキシア商会にインフラを握られている状態で、商会に倒れられるのは困る。

「ああ。ちょっと無理をさせすぎただけだから、今はないわよ。……ここまで急拡大させるのって初めてだから、加減を間違ったのよね。５人まとめて倒れて、あのときは大変だったわ……」

「その間、どうしてたんだ……？」

「私が気合でなんとかしたわ。元々は私が一人でやってた仕事だし」

5人でやって全員倒れるような仕事を、一人でやってたのかよ……。

事情を知らない者からはあまり注目されていないが、もしかしたらメイギス伯爵領で一番の化け物はミーナかもしれない。

「今は10人いるから安心して。多分倒れないわ」

「……流石《さすが》に、倍に増えれば大丈夫……だよな？」

「大丈夫……だと思うわ」

気をつけてほしいものだ。

ミーナ基準の『大丈夫』が、他の商会員にとっても『大丈夫』だとは限らない。

社員を働かせすぎると、死んだり、訴えられたり、鬱《うつ》になったり、異世界に転生してスライムとともに冒険したりしてしまうからな。

異世界転生など非現実的だと言いたいところだが……俺は人のことを言えないし。

「それで、またなにか始めるつもりだな？」

「……どうして分かったの？　まだ誰にも言ってなかったはずなんだけど……」

「時間ができたからって、ミーナが暇《ひま》なままでいるわけがないと思ってな」

ミーナが暇そうにしているところなんて、今までに見たことがない。

別に仕事を任せられる人材の育成をサボっているわけでもないのに常に忙しいということは、仕事が増え続けているということだ。

そんなミーナが『忙しくなくなった』などと言い始めたら、何か新しいことを始める前触れだと思うのは、ある意味当然だろう。

「言われてみれば、たしかにそうね……」

「で、何を始めるつもりなんだ？」

「特殊職用の武器を量産しようと思って。主に中級くらいの冒険者用ね。まだ自分専用の武器を作れないくらいの人たちも、だいぶ戦いやすくなると思うんだけど……エルドはどう思う？」

なるほど。いいところに目をつけたな。

今まで初心者から中級者くらいまでの特殊職は今のところ、通常職の武器を使って戦っている。

もちろん……それでも戦えなくはない。

俺なんて昔は剣を使っていたくらいだし、専用でなくとも杖《つえ》は杖だ。使えないわけがない。

使えなくはないのだが、やはり特殊職にはそれぞれ戦い方に特徴があるので、専用武器のほうが強いのだ。

俺が賢者専用の杖を使ったり、サチリスが特注の金属弓を使ったしているのがいい例だな。

職業ごとの特徴に合わせた武器を作るのはなかなか難しいのだが、マキシア商会はメイギス伯爵領で多くの冒険者たちから依頼を受け、特殊職専用の武器を作っている。

メイギス伯爵軍の特殊職などは、新兵以外の全員がマキシア商会製の武器を使っているくらいだ。

それだけ多くのオーダー武器を作っていれば、特殊職たちが好む武器の傾向も分かってくるだろう。

「ぜひやってくれ。できれば領地の外でもやってほしいところだな」

「もちろんよ。あと3年もすれば、特殊職の冒険者全員がウチで作った武器を持つようになるわ」

独占市場かよ……。

ミーナが言うと、あながち冗談にも聞こえないのが怖いな。

いつの間にか領地がミーナに乗っ取られたりしないように、俺たちも気をつけねばならない。

「それで今、試作品のデザインをしているところなんだけど……完成したら、ちょっと見てもらえるかしら」

「ああ。当然協力させてもらう。……明日あたりから旅に出かけるから、帰った後でいいか？」

「旅って……休暇でも取るの？」

俺の言葉を聞いて、ミーナが意外な顔をした。

確かにこのところ働いたりレベルを上げたりしてばかりだったから、休暇というのは魅力的な提案だが……残念ながら違う。

休暇どころか、ゲオルギス枢機卿との戦争直前の忙しさが天国に感じるほど険《けわ》しい、地獄の覚醒旅行だ。

ＢＢＯで大勢のプレイヤーに協力をしてもらいながらでも、スキル覚醒はすさまじい時間と体力を必要とした。

それを今回は実質一人でやらなければならないのだ。

理屈の上では、できないことはないはずなのだが……間違いなく難しい。

「休暇じゃなくて、強くなるための旅だ。場所はちょっと教えられない」

「私にも言えないとなると……かなりの機密事項ね」

「ああ。伯爵にすら、大雑把《おおざっぱ》な場所しか伝えないつもりだ」

俺の行き先は、ライジス活火山という山だ。

帝国と王国の国境付近にある山なのだが、非常に危険な場所のため、自殺志願者くらいしか立ち入らないと言われている。

なぜ危険なのかというと……その山は、本当の意味で『生きている』のだ。

噴火くらいならまだいいほうで、山は自らを守るために強力な魔物を量産し、立ち入った者を片っ端から殺し尽くすのが、この世界の『活火山』。

魔物は倒しても倒しても湧《わ》いてくる上に、火山弾による狙撃《そげき》すら駆使して、山が侵入者を殺しにかかる。

そんな場所でしか、スキル覚醒はできないのだ。

「……分かったわ。どこに行くかは聞かないけど、生きて帰ってね」

「ああ。もちろんだ」

そう言って俺は、先程手に入れた天啓の石を、収納魔法にしまい込んだ。
元々伯爵には、天啓の石が手に入ったら旅に出ると伝えてある。
必要な道具などの準備もすでに整っている。

スキル覚醒なしの賢者は最強だが、スキル覚醒をした賢者は無敵だ。
この旅さえ済ませてしまえば、もはや帝国に負ける道理はない。
すぐにでも帝国に勝負を挑み、『絶望の箱庭』の計画を潰《つぶ》しにいけるだろう。
などと考えていると……サチリスがこちらに走ってくるのが見えた。
いつになく、随分と慌てた様子だ。

「何かあったか?」

「て、帝国が動きました! 戦争が始まります!」

よりによってこのタイミングかよ。

あと数日間だけ待ってくれれば、スキル覚醒が終わったというのに。


などと心のなかで愚痴《ぐち》をもらしつつ、俺はこれからどうすべきか考える。

王国中から戦力をかき集め、敵軍を迎撃する……というのが正攻法ではある。

もちろん俺も参加することになるだろう。


だが、それよりも先にスキル覚醒をやったほうがいいのではないだろうか。

向こうから仕掛けてきた以上、帝国もそれなりに自信があるのだろうが……伯爵軍の力を考えれば、少なくとも時間は稼げるはずだ。

先にスキル覚醒をして、敵を一気に撃滅する。そのほうが確実な気もする。


これは一度、メイギス伯爵と相談する必要があるな。

場合によっては、時間稼ぎを頼む必要があるかもしれない。

などと考えていると……サチリスの次の言葉が、俺の考えをぶち壊した。


「襲撃を受けた街はライジスです！　現地貴族の軍はすでに壊滅状態で、街は恐らく占領されたものと思われます！」

……敵はなんと、俺が行くつもりだった街をピンポイントで狙ってきていた。

味方から情報が漏れたという可能性はありえない。
なにしろ俺は、味方にすらライジスの件を伝えてはいないのだから。

かといって、敵が偶然ライジスを襲ったというのも考えにくい。
地形だけ考えると、ライジスは戦略上大した意味のある街ではない。
覚醒スキルについて知らなければ、襲撃しようとすら思わないような場所だ。

「これは……気付かれてるかもしれないな」

エンペラーオーガの発見報告から今までに、およそ1時間ほど経っている。
報告を聞いてから襲撃をしたとしても、ギリギリ間に合うタイミングだ。
普通なら1時間で戦争の決着などつかないが、かなりの実力差があれば……不可能ではない。

「襲撃してきたのは、向こうの軍か？」

「現在情報を整理中ですが……今届いている報告によると、こちらの軍はほとんど一人で蹴《け》散らされたとのことです」

やはりか。

一人で軍を蹴散らす敵。

そして、このタイミングでのライジス襲撃。

これらの要素を考えると、1つの可能性が浮上する。

それは敵の中に、すでにスキル覚醒を成功させた者がいるという可能性だ。

そうだと考えれば、敵が今まで正面からの戦争を挑んでこなかった理由も説明がつく。

敵は敵で『天啓の石』を探し求めており、スキル覚醒をした者をさらに増やそうとしていた可能性だ。

俺が『天啓の石』を手に入れるまでは泳がせて、手に入れたところで戦争を挑むついでに、

あわよくば俺の『天啓の石』を奪い取ろうというわけだな。
考えすぎな気もするが、襲撃のタイミングを考えると他にない。
だとすると……これはなかなか厳しい戦いになるかもしれない。
スキル覚醒があるのとないのでは、戦力に天地の差がある。
普通に戦えば、まず勝てないと言っていい。
とはいえ……やるしかない。
俺が積み上げてきた知識と経験が、いよいよ力を発揮する時が来たようだ。

あとがき

はじめましての人ははじめまして。前巻や新シリーズからの人はこんにちは。進行諸島《しんこうしょとう》です。


今回は諸事情により、なんとあとがきが6ページもあります。

普段は2ページとかせいぜい4ページなので、何を書いていいか必死に考えております。


まずはいつも通り、6巻で初めて手にとった方向けにシリーズの概要説明です！


本作品は『異世界』に『転生』した主人公が、VRMMOで得た知識と経験で暴れ回るシリーズとなっております。

1巻からこの6巻まで、シリーズの軸は全くブレておりません。

そして、軸をブレさせる予定もありません。

徹頭徹尾《てっとうてつび》、主人公無双です！


さて、あと5ページもあります。

作者の近況とかを書いてもいいのですが、次々に襲ってくる無数の締め切りと戦っていただけなので書けるようなネタが……もとい、作品と関係のないことを書いても仕方がないので、設定解説です！

その中でも特に、今回は『魔法』に的《まと》を絞って解説していきたいと思います。

後書きを最初に読む方もいらっしゃるということで6巻のネタバレにはならないように書きますが、5巻までのネタバレはあるのでシリーズ未読の方は本編を先にお読みいただければと思います。

まずは1巻から登場して大活躍しているにもかかわらず、あまり詳しい説明がされていない魔法『スティッキー・ボム』についてです。

この魔法は着弾地点に魔力で出来た粘液を撒《ま》き散らすことにより、踏んだ者の移動を妨害するという……極めて地味な魔法です。

時間をかければ引き剥《は》がすのも簡単ですし、攻撃力は全く皆無《かいむ》ですし、避けようと思えば簡単に避けられる……お世辞にも強力とは言《い》い難《がた》い魔法ですが、エルドは強力な魔法を使えるようになった今も、この魔法をずっと愛用しています。

その理由は、好きな魔法だから……ではなく、対人戦においてこの魔法が、非常に便利だからです。

普通の攻撃魔法は防御魔法などによって防がれることもありますが、『スティッキー・ボム』は攻撃力を持たないからこそ、防御魔法の影響を受けません。

頑丈な鎧も状態異常対策も関係なく動きを縛れるのは、攻撃魔法や状態異常魔法にはないメリットです。

相手が強ければ強いほど光り輝くのが、この『スティッキー・ボム』だというわけです。


とはいえ正直なところ、この魔法を無効化するのは簡単です。

『スティッキー・ボム』の上から布をかぶせるか、砂をまくだけで、粘着力はなくなります。


この魔法の真の強みは、その手軽さにあります。

たとえ無効化されたとしても、犠牲になるのは僅《わず》かな時間と魔力だけです。

無効化するために敵が目の前で隙を見せたなら、もはや『対策された』というより『対策させた』と言ったほうがいいくらいでしょう。

そして必要であれば、かけられた布の上からもう一度『スティッキー・ボム』を打ち込むこともできます。


対策されなければ有利。対策されても有利。

そんな厄介で実戦的な魔法だからこそ、エルドは長らくこの魔法を使い続けて来たわけです。

これと対極にあるの魔法が、おなじみ『スチームエクスプロージョン』ですね。

防御魔法や鎧は力技で打ち砕き、敵が隠れれば隠れ家《が》ごと吹き飛ばす。

まさしく必殺技と言っていい魔法。説明不要の強さです。

この規模の魔法を1分に1度撃てるというのは、相手にとって絶望以外の何物でもありません。

そんな切り札があってこそ、他の地味な魔法が輝くというものです。

弱点といえば、連続使用の制限と『威力が高すぎること』くらいでしょうか。

ひとたび撃てば地形が変わり、防御魔法なしでは発動者自身まで吹き飛ばすこの魔法は、一歩間違えれば自滅にもつながります。

強力だからこそ、使いこなすのが難しい魔法でもあるのです。

もちろん、エルドは使いこなします。


今持っている魔法だけで無敵なんじゃないか……という気もするような強さのエルドですが、彼はまだまだ強くなる方法を用意しています。

その方法については、これから先で明かされていきます！


……などと書いている間に6ページが近付いてきたので、謝辞《しゃじ》に入りたいと思います。

書き下ろしや改稿などについて、的確なアドバイスをくださった担当編集の方々。

素晴らしい挿絵を描いてくださった、柴乃櫂人《しばのかいと》さん。

漫画版を書いてくださっている、三十三十《さとうみと》さん。

それ以外の立場から、この本に関わってくださっている全ての方々。

そして、この本を手に取ってくださっている、読者の皆様。

この本を出すことができるのは、皆様のおかげです。ありがとうございます。

次巻も、さらに面白いものをお送りすべく鋭意製作中ですので、楽しみにお待ちください！


最後に宣伝を。

来月は私の他シリーズが発売します。

タイトルは『殲滅《せんめつ》魔導の最強賢者』です！


……見覚えのあるタイトルと似ている気がしますか？　きっと気のせいでしょう。

ちなみに主人公の名前はガイアスで、ヒロインの名前はイリスです。

こちらの『新作』は、超スケールの……私の作品の中でも最もスケールの大きい主人公最強ものとなっております。

興味を持っていただけた方は、ぜひ『殲滅魔導の最強賢者』のほうもよろしくお願いします！

それでは、また次巻で皆様にお会いできることを祈って。

進行諸島

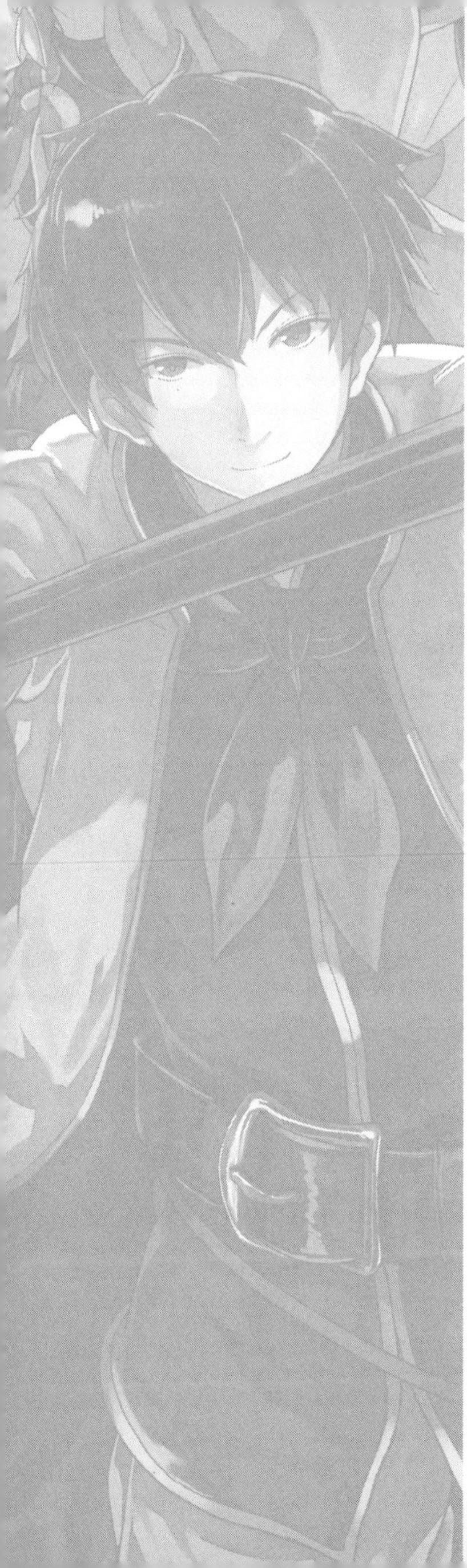

GAノベル

異世界賢者の転生無双6
～ゲームの知識で異世界最強～

2020年9月30日　初版第一刷発行
2021年2月　1日　　　第二刷発行

著者　進行諸島

発行人　小川 淳

発行所　SBクリエイティブ株式会社
〒106-0032　東京都港区六本木2-4-5
03-5549-1201　03-5549-1167（編集）

装丁　AFTERGLOW

印刷・製本　中央精版印刷株式会社

ISBN978-4-8156-0742-5
Printed in Japan

ファンレター、作品のご感想をお待ちしております。

〒106-0032　東京都港区六本木 2-4-5
SBクリエイティブ株式会社
GA文庫編集部 気付

「進行諸島先生」係
「柴乃櫂人先生」係

本書に関するご意見・ご感想は
下のQRコードよりお寄せください。
※アクセスの際に発生する通信費等はご負担ください。

https://ga.sbcr.jp/

異世界賢者の転生無双
[～ゲームの知識で異世界最強～]
異世界賢者の転生無双
[～ゲームの知識で異世界最強～]
2
原作 進行諸島
作画 三十三十
キャラクター原案 柴乃櫂人
コミックス
第①～②巻
大好評発売中!!
(スクウェア・エニックス刊)
B6判／各定価：本体600円+税

コミカライズ版
〝賢者〟シリーズ
第3弾をハイスペックに
コミカライズ!!
マンガUP! &ガンガンGAにて
大好評連載中!!
原作 進行諸島
(GAノベル／SBクリエイティブ刊)
作画 三十三十
キャラクター原案 柴乃櫂人
イラスト:三十三十
©Shinkoshoto / SB Creative Corp.
Original Character Designs : ©Kaito Shibano / SB Creative Corp.

進行諸島先生×風花風花先生の
大ヒット
ファンタジーを
コミカライズ！

マンガUP!にて大好評連載中!
失格紋の最強賢者
～世界最強の賢者が更に強くなるために転生しました～

異世界転生×賢者＝無双!?
「小説家になろう」で大人気！
「失格紋の最強賢者」ペアが贈る、
もう一つの異世界最強譚！

マンガUP!
にて
大好評連載中
!!!
転生賢者の異世界ライフ
~第二の職業を得て、世界最強になりました~
原作 進《しん》行《こう》諸《しょ》島《とう》(GAノベル/SBクリエイティブ刊)
漫画 彭《ボン》傑《ジェー》(Friendly Land)
キャラクター原案 風《かざ》花《ばな》風《ふう》花《か》

試読版は
こちら!

試読版は
こちら!

試読版は
こちら!

試読版は
こちら!